KB088943

괜찮지 않은데 괜찮은 척했다

글배우 지음

괜찮지 않은데 괜찮은 척했다

목차

주위를 실망시키지 않기 위해 괜찮은 척했습니다

약한 모습을 보이기 싫어 괜찮은 척했습니다

혼자가 될까 봐 괜찮은 척했습니다

슬픔을 받아들이기 싫어 괜찮은 척했습니다

넘어지면 다시 일어나지 못 할 것 같아 괜찮은 척했습니다

마음을 기댈 곳 없는 사람은 자주 괜찮은 척합니다.

자신이 넘어졌을 때 일으켜 줄 사람이 없다고 생각하기에

아파도 아프지 않은 척
슬퍼도 슬프지 않은 척
힘들어도 힘들지 않은 척

괜찮은 척합니다.

그래서 스스로가 스스로를 가장 힘들 게 할 때도 있습니다.

생각을 잘 쉬지 못 하며
다른 사람들에게 부족한 모습을 보이지 않으려고 늘 노력합니다.

그래서 겉보기에는 힘들지 않아 보이지만
무엇이든 잘 해내는 것처럼 괜찮은 척 보이지만
마음은 괜찮지 않을 때가 많습니다.

그런 시간들이 반복되다 보면 마음은 점점 불안해집니다.

주어진 삶을 노력하며 계속 열심히 살아가지만
아무리 열심히 살아도 행복하다 느껴지지 않을 때
마음은 자주 불안해집니다.
이제는 어디로 나아가야 할지 모르기 때문입니다.

길을 잃은 것 같은 마음
어떻게 해야 행복할지 모르겠는 마음

그 속에서 공허함과 외로움을 만나게 됩니다.
괜찮은 척하는 사람은 기댈 곳이 필요합니다.
누군가 자신의 마음을 알아주는 것만으로도 큰 힘이 됩니다.
그때 힘을 빼고 나의 있는 그대로의 모습으로 쉴 수 있게 됩니다.

당신의 많은 순간을 괜찮지 않은데
괜찮은 척하며 살아왔다면 정말 많이 애쓰셨습니다.

책 속에 담긴 이야기들이
남들은 모르고 혼자 힘들어했던 괜찮지 않았던 나의 마음을 알아주어
불안한 마음을 편안하게 바꿔주길 바랍니다.

지금은 다가오지 않은 날을 너무 걱정하지 마세요.

괜찮을 겁니다.

걱정했던 비는 그치고
내일은 기다렸던 꽃이 필겁니다.

삶에 찾아오는 3번의 기회

택시를 타고 오는데
택시 기사님께 들은 놀라운 이야기를 전하고 싶다.

기사님은 본업이 택시 기사가 아니라 한 기업의 이사로 계신데
회사에서 프로젝트로 택시를 직접 운행하고 청년을 만나면 청년의
고민을 들어주는 프로젝트를 하고 계셨다. 그러면서 나에게 나누고
싶은 고민이 있냐고 하셨다.

고민했다. 어떤 말을 해야 될지 몰라 반대로 질문을 드리게 되었다.

저에게 해주고 싶은 말이 있으시냐고.
잠시 고민하더니 이야기를 꺼내셨다.
인생을 살다보면 누구나 3번의 기회가 찾아온다.

그러나 사람들은 대부분의 그 기회가 황금 복권에 당첨 되거나
특별한 행운을 만나거나
특별한 사람이 자신에게 찾아오는 거라고 생각한다.
하지만 그건 기회가 아니라 이미 완성된 행운이다.
사실 인생에서는 그런 행운은 단 한 번 올까 말까 한다.

인생에서 찾아오는 3번의 기회는 이것이라고 한다.
첫째 정말 아닌 사람이나 정말 아닌 일을 포기 할 수 있는 기회.
이 기회를 놓치지 말아야 한다.
이 기회를 놓치면 아닌 것에 계속해서
인생을 붙잡혀 낭비하게 된다.
너무 아닌 것이 지속되면 경험이라고 보기도 어렵다.
마음에 상처를 입게 되어 다음에 새로운 것을
도전하거나 시작하는데
꼭 필요한 용기를 잃게 되기 때문이다.

둘째 자신을 진심으로 사랑하고 좋아해주는 사람을 더 아껴주며
함께 할 수 있는 기회. 사람은 정말 특이하다.
아무리 좋은 것도 시간이 지나면 익숙해진다. 그것이 큰 문제다.
익숙해지기에 고마운 마음과 귀한 마음이 사라지고
세상에 둘도 없는 상대의 배려의 마음이 아무렇지 않게 느껴진다.
그 아무렇지 않게 느껴지는 것이 지속되면 상대방의 이것저것이
부족하게 보이고 상대가 미워지게 되고 사랑이 식게 된다.
그럼 너무나 소중한 사람을 잃게 되고 혼자가 된 뒤에야
후회로 힘들어하거나 앞으로 인생에서 그와 같은 사람을

만날 수 없게 될지 모른다.

만약 지금 누군가가 연인이든 친구든 당신을 진심으로 걱정하고
당신을 진심으로 좋아하고 당신을 진심으로 아끼고
당신과 함께 하고 싶어 하는 사람이 보인다면
당신은 그 마음을 아껴주고 소중한 사람을 지킬 수 있는 기회가
있다.

셋째 나이가 많든 적든 지금 어떤 상황이든 사람은 누구나
자신이 잘할 수 있는 일이 분명 존재 한다.
회사에 근무하면서 수천 명의 젊은 사람들을 봤다.
각자의 기호가 있고 성향이 다르기에 기호와 성향에 맞게
자신이 잘할 수 있는 일이 누구에게나 존재한다.

회사를 그만두고 직장을 그만두고 그것을 찾으라는 것이 아니라,
물론 원한다면 그렇게 해도 좋지만 하고 싶은 말은 삶에서 좋아하는
일을 찾는 것을 포기하지 말라는 것이다.
누구나 자신의 삶에서 좋아하는 것을 찾을 수 있는 기회가 있다.
그 기회를 포기하지 말라는 것이다.

대개 자신이 좋아하는 것은 시간이 지나 자신이 잘하는 일이 된다.
그리고 만약 한 가지 기회를 더 말한다고 하면

자신을 사랑할 수 있는 기회다.
살다 보면 어떤 위로도 들리지 않고 다시 일어설 수 없을 것 같은
힘듦이 찾아오기도 한다.
파도가 쌓아놓은 모래성을 무너뜨리듯 한순간 사람의 마음이
무너지기도 한다.

그때 당신이 할 수 있는 일은 자신을 조금 더 사랑해주는 것이다.
당신에게는 당신을 사랑할 기회가 있다는 걸 잊지 않았으면 좋겠다.

당신을 조금 더 깊게 이해하고
당신에게 조금 더 관대하며
당신의 속도가 지나치게 빠를 때는 멈출 수 있었으면 좋겠고
당신을 위한 것이 무엇일지 열심히 고민해보면 좋겠다.

말씀을 듣던 중 어느새 목적지에 도착했다.
내리기 위해 짐을 챙겼고

기사님은 말했다.

아름답게 피어날 젊은이
오늘의 작은 일에 실망하지 말고
오늘 하루도 내일 하루도 행복했으면 좋겠습니다.

사람을 좋아해도 거리를 두세요.

아무리 좋아해도 거리를 두세요.

좋아한다고
너무 가까이서 그 사람의 모든 걸
공유하고 함께해야 한다고 생각하지 마세요.

그렇게 되면 내가 힘들거든요.
그리고 그 사람이 자주 미워지거든요.
그럼 나는 혼자 또 참게 되고
다시 사람이 싫어지고….

그러니 너무 가까이서만 함께 하려하지 말고
멀리서도 함께 하는 연습을 해보세요.

거리두기.

그 사람이 미워서가 아니라
서로 자주 부딪히지 않게
한 사람이 한 사람만을 바라보며
계속 기다리느라 지치지 않게

거리두기가 필요합니다.

인간관계를 하다 지칠 때는
거리를 둬 보세요.

그 거리가
마음에 여유를 만들어 줄 겁니다.

사랑하면 서운함이 생긴다

어떤 할머니가 말씀하셨다.

아무리 사랑해도 40년을 함께 살다 보니 서운한 게 생기더라고요.

그래서 여쭤보았다. 무엇이 가장 서운하셨는지.

상대방을 정말 사랑한다면 너무 바쁘지 않았으면 좋겠어요.
함께하다 보면 어떤 일로 인해 바쁜 시기가 있겠지만
늘 바쁘지는 않았으면 좋겠어요.
늘 바쁜 사람이 된다면 혼자 남은 사람은 결국에 사랑하는 사람을
기다릴 수밖에 없어요.

혼자도 좋지만, 사랑한다면 함께 있을 때 너무나 행복하니까.

그래서 사랑한다면 사랑하는 사람을 너무 오래 기다리게 하지는
않았으면 좋겠어요.

물론 일도 중요하지만.
시간이 아주 많이 지나고 나면 알게 될 거예요.

사랑하는 사람과 함께 쌓는 추억의 순간들이 얼마나 중요한지.
영원히 함께할 것 같았던 시간이 얼마나 빨리 가는지.
돌아보면 그 시간들이 너무나 짧게 느껴져요.

그리고 또 서운한 걸 말하라고 하면 아이러니하게도 정말 바빠야 할 때도 있어요. 내 꿈을 위해서 또는 가족을 먹여 살리기 위해서 또는 나의 성장을 위해서 그때는 이해해 주면 좋겠어요.
가장 사랑하는 사람이 그 시간을 진심으로 응원해주면 정말 힘이 나거든요. 아무리 지치고 힘들어도 혼자가 아니라는 생각에 잘 해낼 수 있을 것 같다는 생각이 들거든요.

그런데 상대방이 그 부분을 이해해주지 않고 서운해 하거나 불안해한다면 같이 불안해지고 결국은 바빠야 할 시기에 바쁘지 못하고 개인이 원하는 삶을 놓치게 될지도 몰라요.
그런 시간이 지나 기다려주지 못 한, 이해해주지 못 한, 믿어주지 못 한 상대방에게 화가 나요. 꼭 상대방의 탓이라고 볼 수는 없지만 현재의 내 모습이 원하는 모습이 아닐 때
우리는 가장 가까운 사람에게 그 탓을 돌리기도 하거든요.

그럼 아무리 좋았던 추억이 많아도 안 좋은 기억들이
더 많이 떠올라서 상대가 미워 질 수 있어요.

이건 가장 중요한 건데 서운한 게 있다면 꼭 말하면 좋겠어요.

오랜 시간을 함께하다보면 이런 생각이 분명 들어요.

"아 우리는 정말 다른 사람이구나."

깨닫게 되는 거죠.
맞아요. 내가 좋아하는 사람과 나는 정말 다른 사람이 맞아요.

처음에는 좋은 모습만 보여 깨닫지 못 했지만 시간이 지나
깨닫게 되는 거죠.

그때 정말 많은 대화를 나눠야 해요.
나와 다른 사람의 의견을 두려워하거나 나를 싫어한다고 생각하면
안돼요. 그럼 대화를 할 수 없어요.
대화를 할 수 없다면 깊은 관계가 될 수 없어요….

그래서 만남도 중요하지만 대화도 중요해요.
서로가 서로를 이해하기 위해.

돌이켜 보면 시간이 정말 빨리 갔어요.
봄도 지나가고 여름도 지나가고 가을도 지나가고 겨울도 지나가고
어느새 다시 여름이 왔네요.

세상에는 변하지 않는 게 없다는데
한 사람과 변하지 않고 수많은 계절을 함께 지나올 수 있다는 게
인생에서 가장 의미 있고 아름다운 일이었던 것 같습니다.

사랑하고 있다면,
아름다운 사랑하길 바라요.

결혼하는 아들에게 아버지가 말했다

결혼하는 아들에게 아버지가 말했다.

결혼하면 아내에게 하루에 2번 이상은 꼭 전화하는 습관을 길러라.
아주 간단한 이야기도 좋단다.
밥을 먹었는지, 기분은 어떤지, 날씨는 어떤지,
하루에 2번 하는 전화는 시간이 오래 흘러도
아내가 남편에게 사랑받는다고 느끼게 해줄 거란다.

결혼하면 일이 더 많아질 것이다. 가정의 일도 해야 되고
챙겨야 될 것도 많고 회사일도 많고 그 와중에 그 2번의 전화는
어쩌면 결혼 생활에서 가장 중요한 일이 될 수 있다.
사람을 매일 보면 연락을 자주 하지 않게 되는데
매일 봐도 연락을 자주 하는 관계가 더 깊고 오래 간단다.

아내의 프라이버시를 최대한 존중했으면 좋겠다.
아내의 개인 생활에 일체 관여하지 않으면 더 좋고.
물론 그만큼 절대적 믿음이 필요하기에
너를 불안하게 하는 사람과의 결혼은 좋지 않다.
네가 계속 불안한 생각을 하게 만들 수 있다.

믿을 수 있는 사람과 결혼하고 그 사람의 프라이버시는 되도록
관여하지 않아야 된다.
그 사람은 너와 결혼했지만 짐이 생겼다는 느낌보다는 자신을
이해해 줄 수 있는 진정한 내 편이 생겼다고 생각할 것이다.

네가 일일이 관여하고 묻고 무엇을 하는지 확인하고 통제하려고
한다면 마음이 여린 사람은 네게 맞춰줄 수 있겠지만
네가 그런 행동을 지속한다면 그 사람은 자신의 삶을 제대로
살 수 없게 된다. 배우자가 자신의 삶을 제대로 살지 못 하게 된다면
배우자에게도 너에게도 좋지 않다.
배우자가 어디를 가든, 어디에 있든, 응원하는 사람 되면 좋겠다.

배우자가 자주 입는 옷을 관찰해보면 좋다. 매일 같은 옷을 입지는
않는지 구멍 난 양말을 그냥 신고 다니지는 않는지 추운 날에 너무
추운 옷을 입지는 않는지 더운 날씨에 너무 덥게 입지는 않는지.
결혼하게 되면 혼자일 때보다 자신을 돌볼 시간이 줄어든다.
그 부분을 바라보고 챙겨 준다면 배우자는 매일 같은 옷을 입지
않을 수 있고 구멍 난 양말을 신지 않아도 되며 추운 날에는
따뜻하게 무더운 날에는 더위에 맞게 옷을 입을 수 있단다.

결혼은 혼자일 때 부족한 점을
서로가 사랑으로 채워가는 시간이다.

상대방이 내가 바라는 모습이 되기만을 바라지 말고
상대방이 무엇이 필요한지 바라보는 연습이 꼭 필요하단다.

40년 결혼 생활을 하고 보니 크게 다툴 때도 있었다.
그때마다 상대방이 왜 그럴까를 수없이 생각했지만
상대방의 마음이 크게 상하는 이유는 단 하나였다.

대단하고 특별한 것을 바라는 것이 아니라 지금 자신이 얼마나
속상한지 그 마음을 몰라준다고 생각하여
그 마음을 알아주길 바라는 마음에 화를 내거나
가슴에 상처가 되는 말을 주고받게 된 것 같았다.

그래서 기억하면 좋단다.

배우자는 속상할 때 특별한 것을 바라는 것이 아니다.
그 속상한 마음을 알아준다면 오히려 너에게 고마워 할 수도 있다.

그러고 나서 너의 입장을 얘기해도 늦지 않는다는 걸
기억했으면 좋겠다.

처음부터 너의 입장을 바로 얘기하면 분명 누구의 마음이
더 속상한지 증명하기 위해 큰소리가 오고가며 자신이 얼마나
화가 났는지 보여주기 위해 심한 말을 주고받게 될 수도 있다.

시간이 된다면 함께 걷는 시간을 자주 가지면 좋겠다.

우리는 삶에서 특별한 곳을 여행 가는 것도 좋은 추억이지만
돌이켜 봤을 때 언제 가장 행복했느냐고 누군가 묻는다면

사랑하는 사람의 손을 잡고
목적지 없는 길을 걸었을 때라고 할 것이다.

손을 잡고 걸으면 느낄 수 있다.

우리가 함께하는 이 시간이 다시는 돌아오지 않을
얼마나 소중한 시간인지.

우리가 함께 걷는 이 길이 얼마나 아름다운 길인지.
우리가 앞으로 걸어가야 할 길들이 함께라면
든든하고 즐거운 길이 될 것 같다는 설렘과 생각들….

삶을 배우자와 함께 걸어 나갈 때

속도를 맞춰라.

너무 빨리 앞으로 혼자만 가려고 하지 마라.

배우자가 힘들어할 수도 있다.

마음을 상하게 했다고 너무 거리를 두지 마라.

예전과 같은 거리가 되는데 오랜 시간이 걸릴 수도 있다.

자주 옆을 쳐다보고 함께 걸어가라.

속도를 맞추고 가고자 하는 길을 의논하며.

그럼 인생이
너무 슬프지도
너무 아프지도
너무 우울하지도 않을 것이다.

언제나 함께할 누군가가 옆에 있기에.

순수한 사람

작은 것에
미안함을 느끼는 사람

작은 것에
고마움을 느끼는 사람

작은 것에
행복을 느끼는 사람

내 자신이 작게 느껴질 때
순수한 사람 곁에 있으면 마음이 치유된다.

당신이 외롭다는 증거

더 잘 해주지 못 한 사람들이 떠오른다.

무엇을 해도 딱히 즐겁다는 생각이 들지 않는다.

새로운 것을 시도하기는 귀찮고 현재의 일상도 마음에 들지 않는다.

지금 몸과 마음이 괴롭고 힘들다는 느낌보다는
몸과 마음이 무겁다는 표현에 더 가깝다.

뭐라도 하고 싶지만 뭘 해야 될지 모르겠다.

외로움은 예고 없이 찾아옵니다.
잘 지내던 일상에서
또는 소중했던 사람과의 이별에서
새롭고 유익한 것을 해보고 싶지만
그게 무엇인지 모르겠을 때도….

외로움은 사람을 무채색으로 만듭니다.
맛있는 걸 먹어도 맛있는지 모르겠고

별로 맛있는 걸 먹고 싶지도 않아집니다.

좋아하는 것을 해도 즐겁고 좋은 감정이 느껴지지 않습니다.

감정의 색이 무채색으로 변하면
주위에서 나와 다르게 행복하게 살아가는 사람이 있을 때
그들과 다른 나의 모습에서 또 한 번 외로움을 느낍니다.

외롭다고 무리해서 새로운 것을 계속 해봄으로써
외로움을 잊으려고 하면 안 됩니다.
아주 잠시 외로움이 사라질지는 몰라도
외로움은 다시 찾아오고 몸과 마음만 지치게 됩니다.

외롭다면 내가 혼자서 너무 멀리 온 것입니다.

혼자 일만 너무 열심히 하느라
혼자 어떤 성과를 내느라
나와 맞지 않다고 생각하는 사람들에게서 멀리 떠나오느라.

살다보면 그럴 때가 있습니다.
외로워질 수밖에 없는 날들이

그럴 때는

천천히
천천히

다시 익숙한 장소 익숙했던 사람
익숙했던 무엇으로 돌아가 보길 추천합니다.

익숙했던 곳에서 무리하지 않고
외로움에서 벗어나 편안함을 느낄 수 있을 것입니다.

사랑을 지키기 위한 3가지 약속

한 커플이 있었다.
둘은 너무나 자주 싸웠다.
두 사람이 좋을 때는 둘도 없는 사이처럼 좋았지만
사소한 일로도 자주 싸우다보니 좋아하는 마음은 점점 불안한
마음이 되고 앞으로 계속 함께해도 될까란 마음으로 변해 갔다.

그러다 두 사람은 어느 날 싸우다 지쳐
서로가 왜 이렇게 싸우는지 이유를 생각해 보았다고 한다.

첫째는 매번 다툴 때마다 누가 옳은지 틀린지 따지고
각자 자기주장만을 내세웠다.
서로가 자신의 입장만 옳다고 목소리를 높였다는 것이다.

둘째는 내 입장만 옳다고 생각했고 상대는 내가 원하는 모습으로
바뀌었으면 하는 마음에 서운함이 하나 둘씩 늘어났다.

셋째는 상대방은 나를 위해 당연히 바뀌어야 한다 생각했기
때문이다. 상대방이 바뀌지 않으니 상대방으로 인해 내 인생이
괴롭고 힘들며 상대방이 밉고

이제는 서로의 작은 잘못에도 큰 화가 난 것이다.

그래서 그날 세 가지 약속을 정했다고 한다.

첫째는 옳고 그름을 따지지 않고 서로가 서로를 안아주기로

둘째는 상대방에게 아무것도 바라지 않기로

셋째는 상대방의 어떤 점으로 인해서 내가 너무 힘들다면
진심을 다해 부탁 해보기로.
그래도 상대방이 내 말을 들어주지 않는다면
바꾸려 하지 말고 이해하기로.
이해가 되지 않는다면 다투지 않고 헤어지기로.

그 후로 두 사람은 4년이 지나 결혼하게 되었고
지금은 두 아이의 부모가 되었다.
사람이 사람을 좋아하면 욕심이 난다. 좋아하는 만큼 상대방은
내가 원하는 모습이 되길 바라는 마음이 크게 든다.

그것은 욕심이지만 어느새 그것을 사랑으로 착각하게 되고
그 생각이 잘못된 생각이라는 걸 잊게 된다.

욕심은 결국 상대방을 힘들게 하고 상처를 준다.
상대방에 대한 이해가 사라지고
내 생각과 내 입장이 더 중요해진다.
상대방의 마음을 생각하기보다는
내 마음만 생각하는 욕심을 가지게 된다.

나는 상대방을 배려한다고 느껴도 상대방이 배려 받는다고 느끼지 못 한다면 나는 상대방을 위한 배려가 아닌 내가 하고 싶은 배려를 하고 있는 것이다.

물론 완벽한 사람은 없다.

모두가 문제가 있고 부족한 점이 있다.
그렇기에 서로가 맞춰나가야 하는데 욕심으로 찬 마음은
맞춰 나가기 어려워진다.

상대방을 나에게 맞추려고 하고
그렇게 되기 위해서 더 큰 화를 내기에
서로 욕심을 내려놓고 맞춰나가기 위해 노력해야 한다.

누구를 위해서가 아니라
내 인생에 놓인 사랑의 시간을 상처의 시간으로 채워나가지 않고
보다 아름다운 시간으로 만들어가기 위해.

물론 어렵지만 위에 3가지 방법은 참 지혜롭다는 생각이 들었다.

사랑한다면 사랑을 지키기 위해 서로의 많은 노력이 필요하다는
생각이 들었다.
노력이 힘들고 어렵지만 그래도 함께 하고 싶다면
아직 많이 사랑하고 있다는 증거가 아닐까.

사랑은 소유가 아니다.
곁에 있으면 기분 좋아지는 달콤한 향기와 같다.

다투게 된다면
내가 먼저 져주고 화해하는 게 낫고

하기 싫지만 꼭 해야 할 일은
더 미루지 말고 빨리하는 게 낫고

매일 봐야 하는 불편한 사람이 있다면
좋은 점도 보고 적당한 관계로 지내는 게 낫고

만약 매일매일이 무료하다면
새로운 계획이 필요하고

멀리 보는 습관도 중요하지만
가까운 것들을 잘 정돈하며 현재의 마음이
편한 상태여야 한다.

14

장거리 커플이 있었다

한 달에 한 번 정도 만났지만
두 사람은 7년을 만났고 결혼하게 되었다.

자주 못 보는 장거리 커플이었지만
어떻게 사랑을 지킬 수 있는지 물어보니 이렇게 답했다.

"글쎄요. 그냥 많이 좋아하니까요. 지금 자주 못 본다고 헤어지면
앞으로 아예 볼 수 없게 되니까…. 지금 자주 못 보는 걸 참고 나중에
더 많이 오래 보고 싶었어요."

가슴에 와닿는 말이었다.
지금의 어려운 시간을 함께 견디면
나중에 더 오래 행복할 수 있을 테니까.

자세히 듣고 싶어 물어봤다.

사랑을 지킬 수 있는 방법이 있었냐고.

그랬더니 4가지를 말해주었다.

첫째는 무조건적인 믿음이었다.
사람이다 보니 아주 가끔은 그 사람이 하는 말이 진실인지 아닌지
의심이 되거나 헷갈릴 때가 있었다고. 그것을 하나 둘 따진다면
결국은 믿음이 깨진다는 생각이 들었다고 한다.

그래서 거짓일지도 모르는 사실을 믿었다고 한다.
더 정확히 말하면 그 사람의 말 자체를 믿었기 보다는 그 사람이
거짓이든 진실이든 어떤 행동하든 그 사람 자체를 믿었다고 한다.

'이 사람은 나를 배신하지 않을 거야.'

물론 어렵지만 사랑에서 믿음이 깨지면 더 이상 그것은
사랑이 아니라고 생각되었다.
그 사람이 아무리 좋아도 믿을 수 없는 사람을 사랑 할 수는 없기에.

둘째는 노래였다.
두 사람은 모두 노래를 좋아했고 조금 유치하지만

적어도 일주일에 한 번 많게는 일주일에 몇 번씩
서로가 좋아하는 노래를 불러주거나 녹음해서 보내주었다.
그것이 두 사람이 서로에게
아직까지 같은 마음이라는 증표였다고 한다.
조금 서운한 날에는 노래 불러주는 모습을 보고 마음이 풀렸다고.

물론 너무 솔직한 얘기지만 노래하기 귀찮거나 하기 싫을 때도
있었지만 노력했다고 한다.
멀어진 만큼 아직도 그리워하고 사랑한다는 걸 보여주고 싶었다고.

셋째 자신의 지금 상황을 늘 자세히 남겨 주었다고 한다.
하루 일과가 끝나면 그날 있었던 일을 문자로 남겨 주었다고 한다.
그날 뭐했는지를 어떤 일이 있었고
어떤 감정이었는지 등을 꽤나 자세히.
떨어져 있었지만 서로가 서로에 대해 여전히 많은 것을 알 수 있게.

넷째 평소보다 더 많이 표현해주었다고 한다.
얼마나 당신을 아끼는지
얼마나 보고 싶은지 앞으로 어떤 시간들을 함께 그리고 싶은지.

이 4가지 방법이 장거리 연애 임에도 불구하고
사랑을 지켜 주었다고 한다.

그 친구는 말했다.

장거리 연애든 단거리 연애든 거리가 중요한 것이 아니라
거리를 뛰어넘을 마음을 서로가 가지고 있는지가 중요하다고.

그렇게 되면 거리는 중요하지 않다고.
오히려 그 거리가 더 큰 그리움과 애틋함을 만들기도 한다고.

거리를 뛰어넘을 마음을 가지고 있지 않은 연인은
장거리여서 헤어지는 것이 아니라
어차피 마음이 거기까지였던 게 아닐까 생각한다고.

사랑할 때 노력이 중요하다고.
그 노력은 사랑하는 만큼 좋아하는 만큼 나오게 된다고.
노력이 계속 귀찮기만 하거나 노력이 잘 되지 않고
별로 노력하고 싶지 않다면

나는 그 사람을 사랑하지 않는 것이어서 그럴지 모른다고.

사랑의 크기와 노력의 크기는 같은 것이라고.

그리고 말했다.

사랑하는 사람의 마음을 기죽이지 말라고.
사랑한다고 하고 사랑해주지 않으면 옆에 있는 사람은 기죽는다고,
마음이 죽는다고.
내가 별로일까 내가 문제일까 내가 사랑받을 자격이 없는 걸까.
내가 매력이 없는 걸까 라는 생각에.

그건 사랑하는 사람의 기를 죽이는 거라고.
사랑하지 않으면 보내주는 게 맞다고.
내 욕심을 잡고 있으면 큰 상처를 주기에.

자신에게 맞는 사랑은
앞으로 미래를 함께 그리고 싶고
더 많이 사랑하고 싶은 사람일 거라고 말한다.

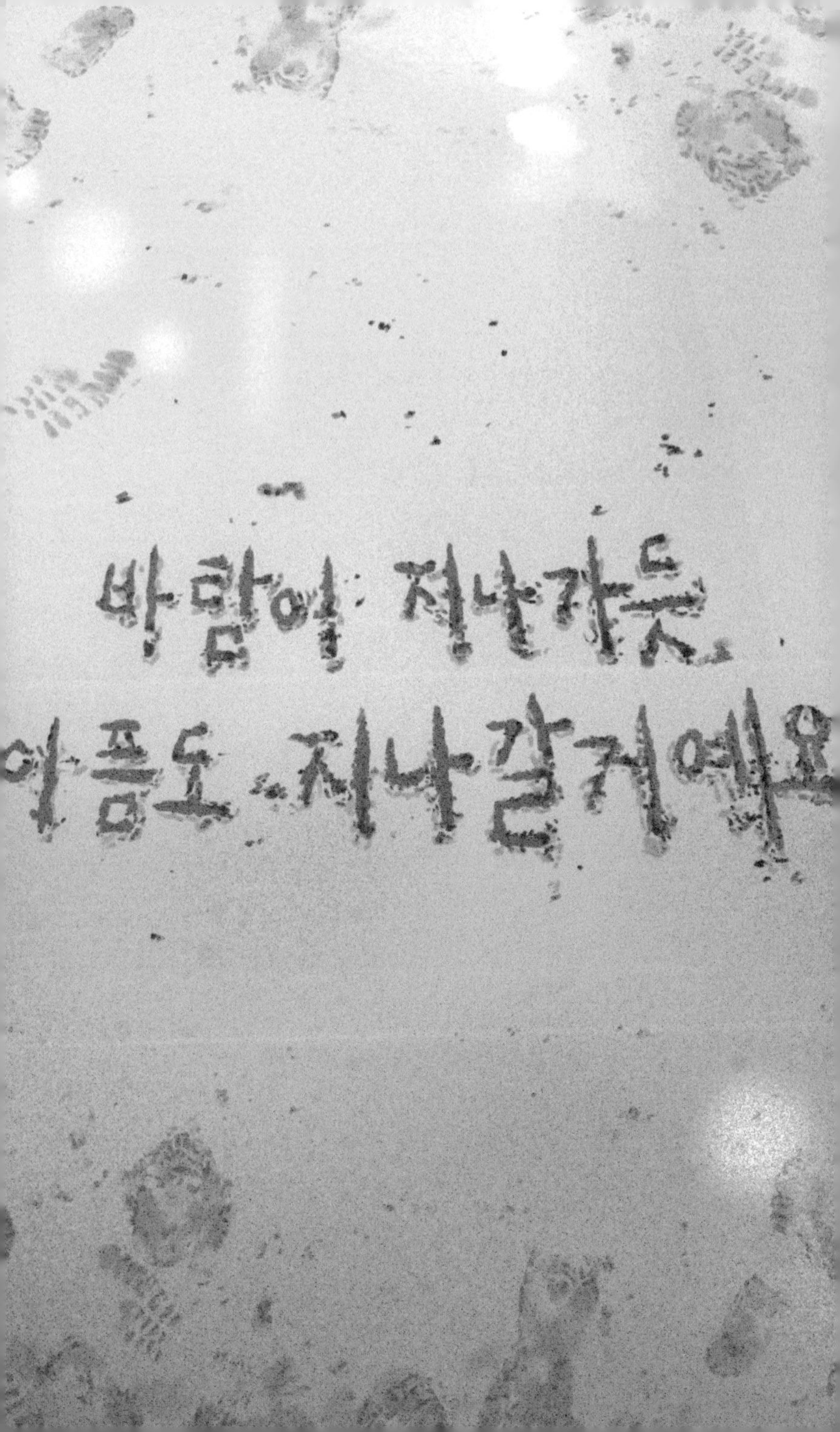
바람이 지나가듯
아픔도 지나갈거예요

나에게 하는

나쁜 말들을 모두 들을 필요 없다

왜냐면 그것은 사실이 아니니까

진심

당신의 진심을 누군가는 안다

어디를 가도 사랑받는 사람이 있다

10년 차 직장인 친구가 말하길
어디를 가도 사랑받는 사람이 있다는 것이다.

그게 어떤 사람이냐고 물으니 이렇게 말했다.

사랑받는 사람의 특징은 우선 털털하고 솔직하다는 것이다.
눈치를 보며 빙빙 돌려서 말하지 않고 자신은 어떻다 저떻다
상대가 기분이 나쁘지 않는 선에서 솔직하게 말한다는 것이다.
눈치를 보며 빙빙 돌려서 말하거나 하려는 말을 안 하다가 나중에
무언가에 기분이 상해서 한 번에 확 돌아서는 사람도 있다.
그럼 무엇이 기분 나빠서 그런지 알 수도 없고 같이 있으면서도
소통하는 느낌이 들지 않는다.
그 사람에게 나도 솔직한 모습을 보이기 어렵게 된다.
결국 그 사람에게 사랑을 주고 싶은 마음이
잘 들지 않는 다는 것이다.

어디를 가도 사랑받는 사람의 또 다른 특징은
힘든 이야기에 공감을 잘한다는 것이다.

그러나 상대방의 힘든 이야기, 속상한 이야기를 듣고 정답이랍시고
'앞으로 어떻게 하면 좋겠다. 혹은 그건 네가 잘못된 거다.
지금 네가 그렇게까지 힘든 이유를 모르겠다.'는 등 이렇게 말하는
사람이 있다. 그런 사람에게는 두 번 다시 힘든 이야기를 털어놓거나
소통하고 싶다는 생각이 들지 않는다고 말했다.

힘들 때 힘든 이야기를 하면 깊게 공감해주는 사람이 있다.
상대방에게 대단한 걸 바라는 게 아니라 그냥 "많이 힘들었겠다"
정도의 말만 들어도 큰 위로가 되고 그 사람에게 앞으로
더 잘 해 주고 싶은 마음이 든다고 말했다.

그리고 사랑받는 사람의 또 다른 특징은 잘 웃는다는 것이다.
계속 이유 없이 웃는 건 아니고 말을 할 때 웃으면서 말하거나
내 이야기를 듣고 잘 웃어 준다고 느낄 때
그 사람과 계속 대화하고 싶다는 생각이 든다고 말했다.

그런데 상대방이 나에게 말을 할 때 표정이 굳어 있으면
나에게 무언가 기분 나빠서 그러나 싶고 혹시 기분 나쁜 게 있는지
물어보면 또 그런 건 없다고 하면서 표정은 계속 굳어 있다.

이럴 때 나 혼자 밝게 웃으며 대하기가 애매해져
나도 표정을 계속 굳히고 있는다.
결국 즐겁고 싶을 때는 그 사람을 찾지 않게 된다.

마지막으로 하나를 더 말한다면
사랑받는 사람은 자신이 잘 모르는 건, 확신이 없는 건
어설프게 아는 척하며 말하지 않는다는 것이다.
잘 모르면서 아는 척하며 이야기 하면
뭔가 있어 보이는 것이 아니라 대화에 혼선을 준다.
나중에는 그것이 맞는지 아닌지 대화해야 하고
매번 누구의 말이 맞는지 따지게 된다.

잘 모르면 깊게 경청하고 아는 것은 명확히 말하도록 노력하는 것이
서로가 대화하는데 큰 도움이 된다는 걸 느꼈다고 한다.
그렇게 행동하는 상대방을 통해서.

사회생활을 하다 보면 전혀 사랑받을 행동을 하지 않으면서
상대가 자신을 사랑해 주길 바라는 사람이 있다고 했다. 그런 경우
자신의 경험상 사랑하고 싶어도 사랑하기가 어렵다고 말했다.

친구의 이야기를 들어 보면 사람은 모두 같은 지점에서
배려를 느끼고 고마움을 느끼는 것 같다.
상대방이 공감해줄 때, 내 이야기를 경청해 줄 때,
나의 힘듦 앞에서 나를 가르치려 하지 않을 때,
상대방이 나를 보며 웃으며 말해줄 때.

사소하지만 그런 모습들이 사람들에게 사랑받을 수 있는
좋은 방법이라는 생각이 들었다.

우리는 누구나 사랑받고 싶어 한다.
그러나 한 번쯤은 내가 사랑받을만한 행동을 하고 있는지
돌아볼 필요도 있다는 생각이 들었다.
물론 우리가 꼭 타인에게 사랑받기 위하여 살아가는 것은 아니지만
이왕이면 나의 작은 행동들을 조심함으로써 상대방의 기분을
상하지 않게 하고 상대에게 인정과 사랑을 받을 수 있다면
좋은 것이 아닐까 생각한다.

직장생활을 잘 하는 방법

30년을 회사에서 근무하고 정년퇴직을 앞 둔 회사의 임원이
퇴임식에서 이렇게 말했다고 합니다.

한 살이라도 젊었을 때 회사를 그만둘 용기가 있다면
회사를 그만두고 하고 싶은 일을 도전해 보라고.

하지만 자신이 생각했을 때
앞으로 인생의 계획이 계속 회사를 다니는 거라고 하면
몇 가지 사실을 기억하면 좋다고.

그러면서 말을 이었다고 합니다.

만약 지금 신입이라면 너무 많은 생각을 하지 말라고.
지금이 회사를 다니면서 가장 많은 생각이 들 때이며
가장 자신이 내는 목소리나 행동에 확신이 없을 때라고.

그러니 자신이 오늘 하루 얼마나 잘 못했는지
혹은 얼마나 회사에 도움이 되는지 자신이 하는 게 틀린지 맞는지
너무 많이 생각하지 말라고 하셨다.

지금은 배우는 과정이라고 생각하는 마음을 갖고 훗날 많은 일을
담당하고 처리하기 위한 과정이라고 생각해도 된다고.

원래 뭐든 배우는 과정에서는
잘하고 못하고는 크게 중요하지 않다고
물론 주위에서 실수에 있어 자신을 나무라는 사람도 있겠지만
크게 신경쓰지 말라고.

그 사람과 영원히 같이 일하는 것이 아니니
그 사람에게 큰 의미를 두고 힘들어할 필요는 없다고.

원래 회사가 아니어도 어디를 가든 조용히 말할 수 있는 상황에서
화를 내고 굳이 말하지 않아도 되는 상황을 하나씩 다 참견하는
사람은 있다고. 그런 사람에게 큰 의미를 두지 않고 살아가는 것이
인생을 살아가는 기술이라고 하셨다.

그러면서 말을 이으셨다.
관리자가 된다면 챙겨야 될 게 더 많아진다고.
가장 필요한 건 보상심리를 버려야 한다고 하셨다.

내가 이만큼 했으니 누군가도 이만큼 나에게 해줬으면 좋겠고
내가 이렇게 했으니 상대도 이렇게 했으면 좋겠다는 생각.
이런 생각들이 자꾸 쌓이다 보면 겉으로 티가 나고
매일 봐야 하는 사람들과의 관계도 힘들어지며 커뮤니케이션이
잘 되지 않아 업무를 하는 게 더 하기 힘들어진다고 하셨다.

보상심리를 버리고 내가 할 수 있는 만큼만 하는 것이 중요하다고.

밝고 환하게 있고 싶으면 밝고 환하게 있고.
내가 잘 해주고 싶으면 잘 해주고.
내가 잘 해주는 게 어려운 사람이라면 적당히 대하며
내가 할 수 있는 일만큼 열심히 하며 내가 할 수 있는 만큼의 속도로
인간관계든 회사 일이든 하며 나아가야지
오랫동안 마음에 문제없이 나아갈 수 있다고 하셨다.

기대를 갖고 하지 말고
내가 할 수 있는 만큼 하며 나아가는 것에 의미를 두라고.
그것이 나다운 것이며 그래야 내가 쉽게 흔들리지 않을 수 있다고.

회사를 다니면서 일만 하지 말고 취미를 꼭 가지라고.
운동을 하든 그림을 그리든 등산을 가든 옷을 사든 그게 무엇이든.

지금의 내가 하고 싶은 취미 없이 계속 일만 하게 된다면
당장에는 성과가 늘어나는 것 같고 더 많은 일을 하는 것 같지만
시간이 지날수록 집중력이 떨어지게 된다.

집중력이 떨어지면 업무의 효율도 늘어나지 않으며
사람이 점점 날카롭고 예민해지게 된다고.

너무 일만 생각하고 일만 바라보기 때문에 집중력이 흐려진다.
집중력이 흐려지니 나아갈 방법을 모르겠고
좋은 생각도 떠오르지 않는 것이라고.

일을 하는 것만큼 취미를 갖는 시간도 꼭 필요하다.
사랑하는 사람들과도 시간을 보내는 게 좋다.
그것은 분명 업무에 대하여 더 높은 집중력과
오랫동안 지속할 수 있는 에너지를 가져다줄 거라고.

인생을 돌이켜 보면 대부분 회사에서 시간을 보냈지만
나는 늘 내가 자랑스러웠다고 하셨다.
쉽지는 않았지만, 내가 내 자리를 지켜냄으로써
현재 내가 원하는 생활과 나의 가족들을 지켜낼 수 있었기에.

가끔 맛있는 음식도 먹고
가끔 좋은 곳도 여행을 가고
가끔 사고 싶은 옷도 사며
가끔 가지고 싶은 취미도 갖고
새로운 경험들을 해볼 수 있었기에
이런 내가 자랑스러웠다고.

그러니 회사를 계속 다닐지 짧게 다닐지
그건 앞으로 아직 알 수 없지만
자신의 자리를 묵묵히 지켜내는 자신을
지금보다 훨씬 더 자랑스럽게 생각했으면 좋겠다고 하셨다.

저마다 마음속에 보고 싶은 무지개 하나씩 품고 살아가기에
그 무지개를 보기 위해서는 비오는 날을 지나야 한다.

우리는 삶에서 저마다 비오는 날을 견디며 살아간다.
지금 비가 온다고 너무 실망하지 말자.
이 비가 그치면
예쁜 무지개와 같은 일이 내게 찾아올 것이다.

13

많은 말을 하지 마라

점점 당신의 이야기를 듣지 않을 것이다

많은 이야기를 들어라

상대방에게 어떤 말을 하면 좋은지 알게 될 것이다

말 한마디에 많은 의미를 부여하지 말고

그 사람이 당신을 어떻게 생각하는지에 집중해라

당신을 평소에 아꼈는지 아끼지 않았는지

그것이 진심에 더 가깝다

많은 사람에게

당신이 어떤 사람인지 다 말할 필요는 없다

부정적인 생각은 많이 하지 말고

긍정적인 상상은 많이 할수록 좋다

삶에서 만나는 많은 것들이 다 좋아야 한다고

생각하지 말고

안 좋은 것을 빨리 지나가는 연습을 해라

그럼 좋은 것들이 오래 남는다

불완전하지만

성장하고 있으며

겁이 많지만

겁내는 자신을 극복하려 하고

실력은 완성되지 않았지만

의지는 충만한 사람

그래서 무엇이든 이겨낼 수 있는 사람

정말 현실적인 생각들

당신이 20대라면 앞 뒤 가리지 않고 많은 도전을 통해 경험을
쌓아본다. 그것만으로도 최고의 20대를 보낸 것이다.
경험보다 나은 지혜는 없다.
그 지혜가 30대 40대를 어떻게 나아가면 좋을지 알려준다.
30대라면 지나온 삶이 어땠는지를 오래 생각하는 것보다
앞으로 나아가고자 하는 구체적인 목표를 세우는 것이 중요하다.
지나온 시간이 어쨌든 앞으로의 시간이 삶에 훨씬 더 많다.

안정적인 삶을 위하여 저금하고 안정적인 직장을 찾는 것보다
더 중요한 게 있다.
삶에서 경쟁력이 떨어지지 않게 자신의 실력을 기르는데
투자하는 것이다.
당신의 실력은 시간이 지나 최고의 자산이 된다.
시간이 지날수록 실력이 높을수록 당신의 시간당 페이가 높아진다.

가장 안 좋은 습관은 자신의 한계를 미리 정해두고
새로운 시도는 하지 않으며 할 수 있는 것만 반복하는 것이다.
그러면 삶은 성장하지 않고 유지되는데

이것은 안정적인 것이 아니라
시간이 지나 성장하는 사람들로 하여금 뒤처지게 된다.

당신이 영어 공부하는데 오늘부터 틈날 때마다 시간을 쓰면
당신은 시간이 지나 영어를 잘할 수 있게 될 것이다.
그러나 틈날 때마다 노는데 시간을 쓰면 시간이 지나 당신은
노는 것 말고는 특별히 잘할 수 있는 게 없다.

너무나 당연한 것이지만 우리가 잊게 되는 중요한 사실이다.

무기력한 하루

무기력해진 딸에게 엄마는 말했다.

"인생은 기니까 오늘 하루쯤은 무기력해져도 괜찮아.
 내일도 무기력하고 모레도 무기력할 것 같지만 절대 그렇지 않아."

네가 생각하고 예측하는 것보다 미래는 훨씬 더 다르며
다양한 일들이 펼쳐져 있거든.
네가 지금 무기력한 이유는 지금의 상황과
미래의 상황이 같을 거라 생각하기 때문이야.
지금 재미없는 인생이
미래에도 재미없게 똑같이 펼쳐질 거라 생각하기 때문이야.
지금 네가 힘든 건 오늘의 무기력함이 아니라
앞으로도 달라지지 않을 것 같은 삶의 전체에 대한 무기력함으로
힘들어하는 거잖아.

그렇지 않단다.

어느 날도 똑같지 않아. 그러니 오늘 무기력해도 괜찮아.

삶을 살아가다 무기력해졌다면
아마 네가 가지고 있는 힘을 다 쓰고 난 뒤 일거야.

예를 들어 열심히 무언가를 도전해 봤다가 잘 안 되었거나
열심히 노력한 사랑이 잘 이뤄지지 않았거나
열심히 고민한 일이 잘 풀리지 않았거나.
그렇게 있는 힘을 다 쓰고 나면
새로운 힘이 나기 위한 시간이 필요하고
그 시간을 멈춰서 생각할 수 있게 무기력함이 찾아오기에.

지금 무기력하다고 네가 쓸모없는 사람이라고
생각하지 않았으면 좋겠다.
네가 나중에 멋지게 쓰여 질 날을 준비하고 있는 거야.

엄마는 20대 30대가 가장 무기력 했어
마음처럼 되는 게 하나도 없었거든.

어느 날 생각이 들었어.
내가 너무 조급한 마음에, 잘해야 된다는 마음에

너무 많은 것을 한 번에 해결하려고 했구나.
너무 많은 것을 이뤄내야 한다고 생각했구나.

젊은 날은 그래.
지금 가지고 있는 게 부족하니 많은 것을 빨리 이뤄야 한다는
생각에 자신이 할 수 있는 생각보다 자신이 할 수 있는 노력보다
훨씬 더 많은 생각과 노력을 하게 돼.
그리고 빨리 지치게 되지.

목표를 줄이고 너무 잘 하려는 마음에 힘을 빼니
할 수 있는 것들이 보이기 시작하더라.
할 수 있는 만큼 하나씩 도전하고 이루어 나갔어.
조급함을 빼니 내가 편안한 속도가 보이더라고.

늦지 않았어.
아무도 너를 뭐라고 하지 않는단다.

아무도 너를 뭐라고 하지 않는단다.
네가 너를 너무 나무라지만 않으면 돼.

네가 너를 너무 나무라면 목표까지 가기도 전에
마음이 힘들어 포기하게 될지도 몰라.

그럼 더 많은 후회를 하게 돼.

최선을 다하지 못 한 것이니.

1등이 아니어도 좋고
2등이 아니어도 좋다.

너의 속도를 찾았으면 좋겠어.
지금 무기력하다면 지금은 속도를 조금 줄이면 되는 거야.

젊음이 좋은 건 빨리 지치기도 하지만
그만큼 감정과 마음이 빨리 회복되기도 하니까.

그러니 너무 자책하지 말고 너무 염려하지 말고
오늘은 무기력해져도 괜찮아.

오늘은 좋아하는 음악을 틀어 놓고 음악에 취해
가벼운 술에 취해
앞으로를 천천히 계획해 봐도 좋을 것 같아.

사랑을 고백하는 방법

어떤 남자가 한 여자를 너무 사랑했다.
여자는 그 남자를 좋아하지 않았다.

여자가 보기에는 외모가 매력적이지도 않고
그렇다고 특별한 장점이 있지도 않았다.

남자는 여자가 힘들 때마다 곁에 있어주었고 이야기를 들어주었다.

5년의 시간이 지나 두 사람은 결혼을 하게 되었다.

여자에게 물었다. 왜 그 사람을 선택했는지.

그러자 말했다.

"글쎄요. 5년 동안 변함없이 누군가 힘들 때마다 곁에 있어준다면 누구나 그런 생각을 하지 않을까요? 내가 진짜 사랑 받고 있구나…. 그리고 이만큼 나를 사랑해주는 사람을 앞으로도 만나기는 어렵겠구나. 어느 순간 저에게 가장 소중한 사람이 되었어요.

연애를 하고 시간이 지날수록 모든 여자가 공감할 거예요.

자신의 인생을 걸고 싶은 남자는
자신을 진심으로 사랑해주는 남자라고.

하지만 사실 연애를 하면서도
그동안 연애를 할 때 오래 만나든 짧게 만나든 이 남자가 나를 정말
사랑하는지 아닌지 잘 와닿지 않을 때도 있어요.

나를 분명 사랑한다고 하는데 나에게 너무 무관심한 것 같거나
내가 한 이야기를 자꾸 기억하지 못 하고
내가 아프다고 해도 대수롭지 않게 생각하거나
내가 무엇을 좋아하는지도 기억하지 못 할 때.

그런 시간이 반복되면 여자는 이런 생각이 들어요.

나를 사랑한다고 하는데 왜 나는 사랑받는다는 느낌이 들지 않지?

내가 잘못된 건가…?

참 이상하죠. 분명 사랑한다고 하는데
한 사람은 사랑받는다는 느낌을 전혀 받지 못 하고.
사랑의 감정이 상대방에게 온전히 전달되는 데는 시간이
필요한 것 같아요.

첫눈에 반한 사랑이 있을 수도 있겠지만
이 사람의 사랑에 앞으로의 인생을 걸어도 되는지
시간이 필요한 것 같아요.
확신이 생기기 위해서는 내가 아플 때 관심이 있는지.
내가 좋아하는 것을 중요하게 생각하는지.
내가 하는 이야기를 매번 쉽게 생각하지는 않는지.
나에게 여전히 관심이 있는지 등등….

나를 정말 사랑하는지. 그런 의문들이 확신으로 바뀌게 하는 사람이
있고 그런 의문을 가진 채 만남을 이어가다가 결국은 끝내 헤어지게
되는 사람도 있다고 봐요.

어떤 사람일지는 시간이 지나 더 지켜봐야겠지만
이 사람은 나에게 의문을 확신으로 심어준 처음이자
마지막인 사람이에요.

그래서 저는 이 사람에게 앞으로의 사랑을 걸어 봐도 좋을 것
같다고 생각했어요."

그렇군요.

남자에게도 물었다.

왜 그 여자가 좋았죠?
외모가 마음에 들었나요?
생각이 깊었나요?
마음씨가 고왔나요?

그러자 남자는 말했다.

글쎄요. 그냥 다 좋았어요.

신발 끈을 맬 줄 모르는 모습부터 부족한 모든 것이
저는 그냥 다 좋았어요. 그리고 생각했어요.
좋은 점뿐만 아니라 부족한 모습까지도 좋게 보인다면
이건 사랑이 분명하구나.

나는 정말 이 사람을 사랑하는구나.

저를 위해서 용기 냈어요. 제 인생의 사랑을 위해.

다행히 진심이 통했고 우리는 이렇게 함께하게 되었죠.

결혼식에서 내가 사회를 봐주었던 두 부부의 이야기다.

사랑이 무엇일까 생각해보았다.
사랑은 서로가 서로에게 확신을 주는 것.
비가 와도 눈이 와도 바람이 불어도 무더위가 찾아와도
서로에게 변함없는 마음.
그것을 우리는 사랑이라 부른다.

인간관계가 어려운 사람의 특징

좋은 모습만 보이려고 한다.
그렇기에 상대도 나에게 좋은 모습만 보이기를 바란다.

자신의 좋은 이야기도
힘든 이야기도 상대에게 다 말하지는 않는다.

자신의 이야기를 듣고 상대가 자신을 어떻게 생각할까를 많이 생각하기 때문이다.
조심성이 많다.

싫어도 상대의 이야기를 잘 들어준다.
잘 들어주는 것이 익숙하다 보니
막상 상대의 이야기를 들었을 때 공감이 되지 않아도
공감하고 넘어가다 보면
시간이 지나 그때 상대와 달랐던
내 생각을 말하지 못 하고 지나가는 경우가 많고
이런 생각들이 쌓이면 마음이 피곤해지고 사람 만나기가 꺼려진다.

상대가 자신을 안 좋게 생각하는 것에 큰 힘듦을 느낀다.

무시하거나 생각하지 않아도 되는 것을 머리로는 알아도
누군가 자신을 안 좋게 생각하는 것을 알면 굉장히 힘들어 한다.
누군가 자신에게 관심이 없는 것은 괜찮아도
누군가 자신을 싫어하는 것에 굉장히 큰 힘듦을 느낀다.

사랑을 받은 경험이 많지 않다.
사랑을 받아도 스스로가 사랑받고 있다는 걸 잘 느끼지 못한다.
스스로가 생각하기에 사랑을 받는 것도 주는 것도
자연스럽지 못하다.

용기 있게 새로운 것에 도전하거나 시작할 줄 알지만
누군가와 함께 지속적으로 대화하거나
편한 사람이 아니면 오랫동안 함께 있는 것이 어색하고
힘든 사람이다.

아는 것이 너무 많거나, 아는 것이 너무 없다.
자신은 주위 사람들과는 다르다고 느끼는 경우가 많고
있는 그대로 자신의 감정을 표현하고 말하는 것이 어렵다.
사람들을 너무 챙기거나 너무 안 챙긴다. 인간관계에 중간이 없고 눈치를 많이 보며 상황에 맞도록 행동하는 것에 신경을 많이 쓴다.
스스로 생각했을 때 오늘 인간관계를 가진 자신의 모습이
마음에 들지 않으면 그 상황을 오래 생각하며 오래 힘들어 한다.
지나치게 외모에 관심이 많거나
지나치게 셀카에 관심이 많거나
남들에게 보여지는 자신의 모습에 지나치게 관심이 많은 사람은
주위 사람들이 보기에는 털털하고 쿨하며 타인을 전혀 의식하지
않고 강한 사람처럼 보이지만
타인을 굉장히 많이 의식하고 상처도 잘 받는 사람인 경우가 많다.

인간관계가 어렵다면 '나'를 잃어버리지 않는 선에서
어색해도 조화롭게 잘 지내기 위해 계속 노력하다 보면
분명 나만의 인간관계 방식이 생겨난다.

화초에 물을 주다 보면 어느새 훌쩍 보기 좋게 자라 있는 것처럼
인간관계가 어려웠던 나도 아주 조금씩 노력하다 보면 어느새
불편함이 줄어든 모습으로 변해 있을 거라 믿는다.

당신은 좋은 사람이다.

미안하면 미안하다 말하고

고마우면 고맙다고 말하고

후회되면 후회된다고 말하고

보고 싶으면 보고 싶다 말해야 된다.

말하지 않으면 상대는 모른다.

이별을 고민하고 있다면

딸이 이별을 고민하며 엄마에게 물었다.

"지금 옆에 있는 사람이 내게 정말 소중한 사람인지
어떻게 알 수 있죠?"

그러자 엄마가 대답했다.

그 사람이 해주는 모든 것들이 너무나 당연하게 느껴질 때
그 사람은 네게 더없이 소중한 사람이라는 증거다.

소중한 사람은 원래의 내 삶에 깊숙이 들어와
그 사람이 해주는 모든 것들이 어느새 당연하게 느껴진단다.

우리는 모르는 사람이 우리에게 길을 알려준다거나
손이 닿지 않는 벨을 눌러 준다거나
때론 자리를 양보해 준다거나 할 때
더없이 고마워 하지만
나에게 그보다 많은 도움을 주는 상대방에게는
고마움을 느끼지 못 하게 되지.

그게 그 사람이 내게 너무나 소중한 사람이라는 증거야.

그러나 소중한 사람이지만 이별해야 되는 사람도 있어.

그 사람이 더 이상 나를 좋아하지 않을 때이거나.

내가 그 사람을 좋아하는 마음과 별개로
그 사람을 더 이상 만나기 싫을 때야.

그런 마음이 드는 이유는
그 사람에게 너무 많은 상처를 받았기 때문이야.

너무 많은 상처를 받으면 아무리 좋아했던 사람도
멀리하고 싶어지고 되도록 피하고 싶어져.
그 좋아하는 마음이 컸던 만큼 내가 그 사람이 소중한 사람이라
생각했던 만큼 나에게 더 큰 상처가 되고 더 큰 아픔이 되거든.

내가 한 사람을 만나면서 많은 상처를 받았다면
그때는 이별해도 괜찮은 때란다.

상처를 계속 참으면서 사랑이란 이유로 계속 함께한다는 건
앞으로 남은 긴 인생을 봤을 때 지혜롭지 못 하거든.

왜냐하면 심한 상처를 참아야 될 이유는 없어.
그게 어떤 것이어도.
그건 네가 네 인생의 행복을 포기하는 것과 같은 거야.

그렇게 된다면 너는 재밌는 프로를 봐도, 좋은 장소에 여행을 가도,
맛있는 음식을 먹어도 꽤나 좋은 옷을 입어도,
계속 우울하기만 할 거야.

네가 아무리 좋은 것을 해도 네 마음은 불편한 사람과 함께 있거든.

좋지 않은 마음으로 아무리 좋은 것을 해도 행복할 수 없거든.

물론 그렇다고 이별이 아무렇지도 않은 건 아니야.
하지만 이별 뒤에 너는 성숙해지고
네가 앞으로 더욱 조심해야 될 행동과 말들이 떠오를 거야.
그 다음 함께하는 상대방을 더 이해하게 될 거야.

네가 가진 상처만큼.

이별이 이별로 끝난다면 한없이 슬프겠지만
이별 뒤에는 언제나 사랑이 존재한단다.

내 딸아.

너는 네가 생각하는 것보다 훨씬 더 가치 있고
누군가에게 상처 없이 사랑받을 수 있는 사람이란다.

이별을 고민하기 전에 생각해보렴.
너에게 그 사람이 소중한 사람인지.
또는 소중하지만 너에게 계속 깊은 상처를 주는 사람인지.

그 사람이 너를 사랑한다면 너에게 상처되는 걸 알았을 때
상처되는 행동을 멈출 것이고 너를 별로 사랑하지 않는다면
너의 상처를 봐도 자신의 논리가 맞다고 생각하며
계속해서 자신의 논리만을 주장할 거란다.

너를 위해 좋은 선택을 할 수 있었으면 좋겠다.
언제나 응원할게.

이별 후 깨닫게 된 사실들

어떤 여성이 3년간의 연애를 끝냈다.

헤어져야 되는 게 맞는지 계속 만남을 이어가는 게 좋을지
수없이 많은 고민 끝에

이별을 택하게 되었다.

물론 상대방을 정말 사랑하고 만남이 행복했다면 이별을
고민하지 않았겠지만 그렇지 않았기에 이별을 생각하게 되었고

헤어짐을 생각하면서 정말 많은 고민을 했다고 한다.

내가 잘못된 선택을 하는 건 아닌지.
그동안 만나면서 내가 잘 못했다고 생각하는 부분과 나의 많은 문제
들도 떠올랐고 무엇보다 3년간의 정이 마음을 아프게 했다고 한다.
어디를 가든 그 사람과 함께 갔던 장소들이었기에.

그럼에도 이별을 택한 건 이별보다 만남이 더 힘들다고 느꼈고
만나면 만날수록 자신의 인생이 행복하지 않았다.

그리고 이별 후 시간이 지나고 나서 깨닫게 된 사실들이 있다.

첫째는 세상엔 자신과 코드가 맞는 사람이 분명 존재한다는 것.
서로가 부딪히지 않고 잘 맞으며 생각이 비슷하고 앞으로 나아가고
싶은 방향이 같은 사람이 존재한다는 걸 깨달았다고 한다.
그 이전에는 좋은 만남을 유지하기 위해서는 무조건 노력해야
하는 줄 알았다고 한다.
노력도 중요하지만 이 사람과 내가 코드가 맞지 않다면 그 노력들은
결코 자신을 행복하게 해줄 수 없다는 걸 깨달았다고 한다.

나와 코드가 맞는 사람. 나와 생각의 방향이 비슷한 사람.
그 이전 연애에서는 싸울 일이 아닌데도 싸우게 되고 생각지도 못
한 상대의 말과 행동에 깜짝깜짝 놀라고 마음이 불편해지는 경우가
많았다고 한다.

예를 들면 내가 너무 어른스럽다면 너무 어린 생각을 가진 사람과
함께하기 어렵다는 것이다. 내가 생각이 너무 많으면
생각을 너무 하지 않는 사람과는 만남이 어렵다.

내가 열정적으로 사는 사람이라면
삶에 열정이 없는 사람과 함께하는 것이 어렵다.

자꾸 부딪히게 된다는 것이다.

둘째 그동안 만남의 시간이 아무리 길었다 해도
서로를 알아보는 데 시간을 썼다고 생각하면 충분하다.
그동안의 만남의 시간보다 앞으로 행복하게 살아가야 할 날들이
훨씬 더 많다.

만남의 시간이 길었어도 정말 아니라고 생각한다면 이별하는 것이
현명할 수 있다.

셋째 내가 헤어지지 못 하는 것이 사랑인지 집착인지
명확히 알 필요가 있다.
사랑한다면 그 사람에게 내가 맞춰주고 조금 더 이해하면 된다.
나를 위해서. 그 사람 곁에 있을 때 내가 행복하니까.
물론 그 사람이 바뀌어 준다면 이런 고민을 하지 않겠지만.

지금 만나는 사람을 별로 좋아하지 않는데 헤어지면 자신이 잘못하는 걸까봐. 그 마음 때문에 헤어지지 못 하고 자주 다투면서 만남에 집착하며 힘들어 하는 경우가 있다.
그것은 사랑도 아니고 이별도 아닌 상태이다.
그런 시간이 지속되면 서로에게 상처만 남는다.

마음에 안 들면 무조건 헤어지라는 말이 아니다.
단지 만남이 힘들다면 왜 힘든지 생각해 볼 필요가 있다.

그리고 이별을 결정했는데 이별하지 못 한 채 만나는 경우도 있다.
여러 가지 이유에서 그 부분에서 하고 싶은 말은 세상에는 분명
나와 코드가 맞는 사람이 존재하고
만남의 시간보다 앞으로 행복해야 될 내 시간이 더 소중하며
집착이라면 헤어지는 게 나을 수 있다는 것이다.

사랑한다면 서로가 연결된 느낌이 있어야 한다.

안정감
만족감

예뻐 보이는 모습
잘 해주고 싶은 마음
상처와 힘든 점들이 눈에 보이고 채워주고 싶은 마음
곁에 오래 있고 싶은 마음
많은 것을 함께 해보고 싶은 마음.

그런 사람과 함께 있다면 삶은
훨씬 더 안정감 있는 마음과 만족스러운 마음으로 변하게 된다.

앞으로 살아가는 날들
당신이 원하는 사랑과 소소한 일속에서 많은 행복을 느끼며
살아갈 수 있길 기도한다.

너는 뭐든지 잘 할 거야

취업을 해 집을 나가는 딸에게 엄마는 말했다.

"너는 뭐든지 잘 할 거야.
처음에는 어색하고 미숙할지 몰라도 결국에는 무슨 일이든
잘 해낼 거야.
그러니 그때까지 네가 너를 많이 보살펴줘.

어른이 되면서 깨닫는단다. 완전히 내 사람 같아도
내 사람 같지 않게 느껴질 때도 있고
믿었던 사람이 배신하거나 이유 없이 모함을 당해 마음이 상하거나
너는 가만히 있는데도 감당하기 어려운 힘듦이 닥칠 수도 있어.
그래서 네가 너를 잘 보살펴 줘야해.

앞으로 삶에 놓인 장애물을 넘어 네가 원하는 더 넓은 세상으로
나아가기 위하여."

그러자 딸이 말했다.

정말 포기 하고 싶을 때는 어쩌죠?

정말 포기하고 싶을 때는 언제든 포기해도 되는 거야.

정말 포기하고 싶다는 생각이 들 때까지
셀 수 없이 많이 괴로웠을 거야. 그럼 그때는 포기해도 되는 거야.
그래야 네가 잘할 수 있는
또 다른 일을 찾아 나설 수 있으니까.

사회생활을 하다 보면 많은 사람들을 만나게 될 거야.

말이 많은 사람
말이 없는 사람
너를 괴롭히는 사람
너에게 잘해주는 사람
너를 이용하려는 사람
너를 즐겁게 행복하게 해주는 사람.

수많은 사람들을 만나며 살아가게 될 거야.

어떤 사람을 만나도 모든 사람에게 배울 점이 있을 거야.

각자의 삶에 방식으로 문제를 해결해 나가는 사람들을 보고
잘 배워도 돼.

그러나 대화할 줄 모르고 문제가 생기면 자신의 마음대로
부정적으로 해석하고 무작정 상대를 미워하는 사람이 있어.
상대가 왜 그런지 들어 보거나 대화를 하지 않고
자신의 마음대로 상대를 판단하고 미워하는 사람이 있어.

이런 사람은 멀리 해야 돼.
네가 백번을 잘해 줘도 하나를 잘못 하면 그 하나로
너를 안 좋게 판단할 테니까 곁에 있으면 네가 많이 지치게 될 거야.

네가 앞으로 자주 곁에 머물러야 할 사람들은
타인에게 너무 엄격하지 않은 사람이야.
타인의 작은 실수를 용납하지 못 하고 금세 부정적으로 생각하는
사람들 곁에 자주 머물게 되면 너도 그런 사람이 되고
네 자신에게도 엄격해져.

그럼 삶이 금방 지치게 돼.

지치게 되면 내가 좋아하는 것을 찾거나 시도하기가 어려워져.
지쳤으니까.
그럼 좋아하는 게 없는 채 살아가게 될 수도 있고
좋아하는 게 없으니 의욕은 점점 떨어지겠지.

그리고 또

항상 당당해야 돼.
네가 당당한 모습일 때와
당당하지 않은 모습일 때
사람들이 너를 대하는 게 달라질 거야.

항상 겸손해야 돼.
네가 겸손한 모습일 때와
겸손하지 않은 모습일 때
사람들이 너를 대하는 게 달라질 거야.

항상 생각해.

나는 지금 내 모습이 마음에 드는가.
내가 보기에 내 모습이 좋으면 되는 거야.
그게 네가 앞으로 변해 가야 할 건강한 지점이야.

만약에 아주 힘든 일을 만났다면
최대한 힘을 빼고 할 수 있는 최소한의 할 일만 하는 게 좋아.

사람이 힘들잖아.
그럼 사실 아무것도 할 수 없게 돼.
그런데 그 상태에서 무리하게 무언가를 하려고 하면
잘 되지도 않고
잘하지 못 하는 자신이 밉고
아픔의 시간이 점점 길어져.

최대한 힘을 빼고 최소한 할 수 있는 일만 하다 보면
시간이 해결해 줄 거야.

사회에 나가서 힘든 일도 많겠지만
너는 잘 해낼 거야.

네가 지칠 때는 시원한 바람이 불어오고
마음이 시릴 때는 따뜻한 사람이 함께하고
괴로울 때는 잠시 쉴 수 있는 달콤한 시간들이
곁에 머물 수 있었으면 좋겠다.

좌절이 오고

실패가 오고

피할 수 없는 힘듦이 와도

나는 계속 앞으로 나아간다.

섬세한 사람

섬세한 사람은 자신의 말과 행동을 자주 뒤돌아보고
자신의 좋지 않은 부분을 계속 수정합니다.
자신을 계속 정제하는 것입니다.

그래서 누군가 자신에게 무례하게 말하거나
무례하게 행동하는 것에 큰 불편함을 느낍니다.

섬세한 사람은 자신이 말과 행동을 조심하는 만큼
조심하지 않는 사람들로 인해 불편함을 느껴서
인간관계가 어렵다고 느낍니다.

섬세한 사람은 자주 상처받고 자주 불안해지기도 합니다.
그래서 섬세한 사람에게 다가갈 때는 조심스럽게 다가가야 합니다.
조심스럽게 표현하고
조심스럽게 말하고
조심스럽게 대화하면서 깊어져야 합니다.

한번 깊어진다면 이들은 누구보다 더 깊게
상대방의 이야기를 들어주고 자신의 이야기를 말합니다.

섬세한 사람은 스스로가 스스로를 힘들 게 하는 점도 많습니다.

때론 자신이 말하고자 하는 걸 말하지 못했거나 하지 않았어야 할 행동이나 말을 했다면
아주 오랫동안 스스로 자책하며 힘들어합니다.

섬세한 사람은 혼자만의 시간이 필요합니다.

그 속에서 숨을 쉬고 자유를 얻습니다.

그 시간 속에서 휴식을 얻고 다시 마음을 추스르고

다시 올곧은 방향으로 나아갑니다.

섬세한 사람은
생각과 행동이 매우 깊은 사람입니다.

사람은 잘 변하지 않는다

노량진에서 10년간 학원을 운영한 선생님이 말했다.

제가 노량진에서 10년간 사람들을 가르치면서 놀라운 사실을
깨닫게 되었어요.

그게 뭐냐면 우선 사람은 절대 안 변해요.
물론 아주 간혹 변하는 사람도 있겠지만 정말 잘 변하지 않아요.
예를 들어 마음먹고 공부를 해도 처음에는 다 열심히 해요.
하지만 며칠이 지나고 몇 주만 지나도 열심히 하는 사람과
여러 가지 핑계를 대며 안 하는 사람이 극명히 나뉘어져요.

즉 무언가를 열심히 안 하는 사람은 결국 열심히 안 하고
열심히 하는 사람은 어떤 환경이든 상황이든 열심히 해서
결과를 만들어 내요.

그래서 저는 사람을 볼 때 "그 사람이 나중에 변할 거야"라는
생각은 잘 하지 않아요. 그냥 지금의 장점과 지금의 단점을 가진
사람이구나 생각하고 내가 지금 모습을 감당할 수 있으면 가까이
지내고 감당할 수 없으면 멀리하거나

관계를 이어 나가지 않게 되었어요.
그랬더니 시간이 지나 상처받는 일들도 줄어들었어요.

그래서 혹시나 스스로가 바뀌고 싶다면 지금 바뀌어야 해요.
지금 당장 바뀌지 않잖아요? 그럼 평생 안 바뀌더라고요.

공부하다 보면 사소한 것도 하나씩 다 짚고 넘어가며 알 때까지
공부하고 모르면 절대 안 넘어가는 그런 사람들이 있어요.

그런 사람들이 속도가 느리거나 대충하는 사람들 곁에 있으면
꼭 사소한 것까지 생각하고 고민하는 모습이 문제로 비춰질 수도
있는데 시간이 지나 결과적으로 봤을 때 그렇게 하는 게
훨씬 좋은 성과를 만들어 내더라고요.
조금씩이라도 실력이 성장하는 사람은 사소한 것도 중요하게
생각하는 사람이에요.

그래서 저는 인간관계를 맺을 때 사소한 것도 중요하게 생각하는
사람을 굉장히 좋아해요.
제 경험상 그 사람들은 처음에는 친해지기 어려울지 몰라도

한번 친해지면 결과적으로 사소한 약속을 중요시하고 말과 행동에
신뢰가 있어요.
잘 실망시키지 않고 인간관계에 좋은 결과를 만들어 내더라고요.

또, 정말 끝까지 노력해서 원하는 시험에 합격하는 사람들이 있어요.
그들은 누군가에게 동기를 부여받기 보다는 스스로에게
계속 동기를 부여하는 사람들이에요.
무슨 말이냐면 사람이 지칠 때도 있는데
그들의 열정은 잘 꺼지지 않아요.
왜냐면 그들은 보통 자신이 시험에 합격해야 될 명확한 이유가
있는 사람들이에요.

누가 합격하면 좋다고 해서
사람들이 하니깐
누가 보기에 좋아서 시험에 임하는 사람들이 아니라.

자신이 이 시험에 정말 합격하지 않으면 안 되는 사람.
왜 이 시험에 무조건 합격해야 되는지 명확한 이유가 있는 사람.
왜 이 시험이 필요한지 그 이유와 목표가 명확한 사람들은

정말 간절하며, 스스로 계속 시험을 합격했을 때를 상상하며
동기부여를 해요.

인간관계를 맺을 때도 자신의 인생에 나아가고자 하는
명확한 목표와 길이 있는 사람들이 있어요. 그런 사람들을 좋아해요.
그들은 열정적이면서 남들의 시선을 의식하며 하고 싶은 것을
포기하지 않아요. 자신을 위해 살아요.
그 모습을 보고 많이 배우게 돼요.

그리고 생각하죠.
나도 그런 사람이 되도록 '지금'부터 노력해야겠다.

부자가 되는 방법

우선 내 입으로 직접 이런 이야기를 적으려 하는 것이 너무나 부끄럽기도 하고 민망하다. '부자가 되는 방법'이라니. 그럼 나는 부자인가? 내 입으로 내가 부자라고 말하기 어렵지만 6년 전만 해도 나는 한 달에 50만원씩 수입을 벌며 아르바이트를 했고 지금은 한 달에 1억 정도의 매출을 내는 출판사를 운영하고 있다. 제목은 부자가 되는 방법을 적었지만 자신이 삶에서 원하는 것을 이루는 방법 정도를 적어보려고 한다. 20대부터 30대까지 오면서 내가 정말 절실히 느꼈던 것들에 대한 이야기이자 성공한 사람들을 관찰하고 느꼈던 생각이다. 성공의 절대적 기준이라기 보다는 개인적인 견해라고 보면 좋을 것 같다.

당신이 만약 20대 30대라면 기회가 아직 오지 않았다고 절망하지 말고 이 글이 앞으로 삶에서 원하는 것을 하나씩 이루어 나갈 수 있도록 도움을 주는 글이 되면 좋겠다.

부자가 되는 방법
1. 내가 되고자 하는 것이 무엇인지 확실히 정해야 한다.
내가 되고자 하는 확실한 모습이 없다면 당신은 무엇을 하든 제대로 열심히 할 수가 없다.

시간만 때우거나 그냥 일이 빨리 끝나길 바라거나
이렇게 힘든 일을 하는 자신이 얼마나 많은 위로가 필요한 사람인지
생각하거나 자신보다 나은 사람과 비교하며 시간을 낭비하게 될
가능성이 크다.

내가 되고자 하는 모습이 무엇인지 확실히 정한 채 나아가야 한다.
그걸 모르겠다면 그걸 충분히 고민하는 시간과
그걸 찾아보는 시간을 가져야 한다.

그것이 꼭 필요하다.
그냥 남들이 하니까 안정적이니까
부모님이 원해서 친구가 하니까
그런 이유들로 살아간다면 당신은 절대 부자가 될 수 없다.
아니 원하는 것을 이룰 수 없다.
자신이 정말 원하는 것이 무엇인지 모르니까.

당신이 원하는 모습을 모른다고 생각할 게 아니라
당신이 원하는 모습이 무엇인지를 계속 고민해봐야 한다.

모르는 건 당연한 것이다.
모른다고 끝날 게 아니라 알 때까지 고민해봐야 한다.
힘들다고 어렵다고 할 것이 아니라 그것이 당신을 위한 것이다.

내가 되고자 하는 구체적인 모습이 있는가?

2. 그 다음은 실패할 준비를 해야 한다.
당신은 당신이 되고자 하는 구체적인 모습을 정하고 난 뒤
이제 그 모습을 만들기 위해 여러 가지 행동들을 함으로써 계속
실패할 것이다. 어쩌면 원하는 삶이 있지만 그 삶을 만들어 가는
내내 실패할 수도 있다.
주위에서 잔소리를 들을 수도 있고
그 길은 옳지 않다는 참견을 듣게 될지도 모른다.
그런 얘기는 들을 필요 없다.
성공한 사람들은 당신이 꿈을 가지고 노력할 때, 원하는 모습이 되
려고 노력할 때 실패한다고 포기하라고 절대 말하지 않는다.
그들은 모두 당신이 잘하고 있다고 말한다.
그런 시간을 겪어보지 않은 사람들만 한두 번의 실패에 당신보고
포기하라고 하거나 잘못된 것이니 안정적인 것을 하라고 말한다.

그 실패의 시간은 꼭 필요한 시간이다.
그 실패를 통해서만, 오직 그 실패를 통해서만.
당신은 배우게 될 것이다.

어떻게 하면 더 잘할 수 있는지를
어떻게 하면 안 되는지를.

당신은 실패할수록 어떻게 하면 더 잘할 수 있는지를 고민할 것이고
시도할 것이다.
그러면서 점점 나아지거나

정말 아니라 생각하여 포기하고 다시 다른 것을 시작할 것이다.

그 시간을 통해서만 잘할 수 있게 되거나 아니면 정말 아니라는
생각이 들어 포기하고
새로운 자신과 맞는 삶을 찾을 수 있게 된다.

3. 가장 중요한 것에만 집중해야 한다.
그것이 성공과 실패를 가르는 본질이다.

당신이 떡볶이 장사를 한다고 하자. 그럼 무엇이 필요한가?
성공하는 사람들은 이 세상에서 가장 맛있는 떡볶이 레시피를
개발하기 위해 온 시간을 다 쏟을 것이다. 그렇게 고민한 만큼
이 세상에서 제일 맛있을 것이란 장담은 못 하지만 정말 맛있는
떡볶이에 가깝게 만들어 낼 것이다.

그 떡볶이가 시중에 나왔을 때, 정말 맛있다면 홍보하려고 하지
않아도 사람들은 먹고 또 찾아오고 입소문이 나서 또 오라고
하지 않아도 찾아올 것이다.
성공으로 밖에 이어질 수 없다.

그러나 내가 되고 싶은 모습의 본질에 집중하지 않는다면.
예를 들어 떡볶이 장사를 하기로 하고 하루 종일
예쁜 접시만 찾아보거나 하루 종일 떡을 예쁘게 포장하는 방법만
알아보거나 누가 떡볶이는 짜장 떡볶이가 필요하다고 해서
메뉴만 늘리거나 누가 마케팅이 생명이라고 해서
마케팅만 계속 하거나 이러면 시간이 지나 분명 성공하기 어렵다.

내가 되고자 하는 모습의 본질에 모든 걸 다 걸고 집중해야 한다.

내가 작가가 된다고 했을 때 주위에서 작가가 되기 위해서는
책을 많이 읽어야 된다고 했다.

작가가 되는 것에 대한 본질은 책을 많이 읽는 것인가?
아니다.

내 글을 누군가 보고 다른 사람이 거기에 공감을 얻고 필요에 의해
내 글을 또 찾아보게끔 글을 쓰는 것이 본질이다.

그럼 그렇게 되기 위해서는 사람들이 듣고 싶은 이야기와 필요한 이
야기가 무엇인지 아는 데 쓰고 집중해야 한다.

그런데 본질에 집중하지 않고 작가는 책을 많이 읽어야 해.
작가는 아는 게 많아서 신문을 봐야 해. 작가는 경험이 많으니
여행을 많이 가야해.
작가가 되려면 소통을 잘 해야 되니 인간관계가 중요해.
그렇게 책과 여행과 신문, 인간관계에만 집중한다면
글은 언제 쓰는가. 언제 사람들이 무엇을 원하는지 고민하고 다가가
내 글을 또 찾아보게끔 글을 쓰는가.

사람들이 원하는 글을 쓰기 위한 본질은
사람들이 무엇을 원하는지 아는데 시간을 쓰는 것이라 생각한다.

내가 되고자 하는 모습에서
정말 필요한 것에 온 집중을 다하는 것이다.

내가 되고자 하는 모습에서 가장 중요한 본질은 무엇일까
잘 모르겠다면 그것을 고민 하는 것이 할 일이다.

다 잘 할 필요 없다.
물론 다 잘 하면 좋겠지만 가장 먼저 본질을 놓치면 안 된다.
가장 중요한 것에 초 집중 하는 것이다.

구체적으로 되고 싶은 모습이 있고
시행착오를 겪어서 가장 중요한 본질에 집중해
본질의 실력을 남들이 따라 올 수 없게 키우게 된다면
대체 불가능한 사람이 된다.

업계에서 실력 있는 사람이 된다.

실력은 곧 당신의 시간당 페이를 높여준다.

어떤 강사는 한 시간에 30만원을 받지만
다른 강사는 한 시간에 300만원을 받는다.
그건 그 강사가 다른 강사보다 본질의 실력이 더 높기 때문이다.
그럼 경제적 여유는 당연히 따라온다고 믿는다.

이런 글을 쓰는 게 참 부끄럽기도 하다.
구체적인 목표가 있었고 많은 실패도 있었으며
본질을 중요시하기 위해 밤 새워 노력하기도 했다.
이것이 절대적 성공의 공식이 될지는 모르겠지만 20대 30대를 지나
결국에 경제적 여유를 갖고 자신의 분야에서 성공한 사람들을 보면
대부분 이런 시간을 보냈다.

당신도 무엇이든 될 수 있다.
지금이 어떤 모습이어도 상관없다.
지금부터 어떤 생각을 가지고 살아가는지가
중요하다고 생각한다.

책에서 읽었는데
우주가 존재할 수 있는 이유는
인간이 우주의 존재를 인식했기 때문이라는 것이다.

만약 인간이 우주의 존재를 인식하지 않았다면
우주의 존재 가치는 무의미하다.

그렇기에 당신은 우주보다 더 크고 중요한 존재이다.
당신의 인생에서 자신을 포기하지 말고
젊은 청춘에 더 큰 가능성을 믿을 수 있기를 희망한다.

바른 자세로 앉고

규칙적인 식사를 하고

좋은 언어를 쓰고

좋은 습관을 만드는 건

미래에 좋은 모습을 만드는 것과 같다.

자수성가한 사람

40대 자수성가한 사람을 인터뷰할 기회가 있었다.

자수성가할 수 있었던 이유를 물었다.
열심히 살았다. 노력했다.
이런 이야기를 할 줄 알았지만 놀랍게도 전혀 다른 이야기를
전해들을 수 있었다.

제가 자수성가할 수 있었던 이유를 말한다면

첫째 남을 비난하지 않았습니다.
우리 주변을 보면 잘 알지도 못하면서 또는 자신이 다 안다고
생각하고 너무나 쉽게 남을 비난하고 미워하고 싫어하는 사람이
있습니다.

그 시도 때도 없는 부정적인 감정은 결국 자신이 하려는 일까지
깊게 영향을 미쳐서 자신의 일에 부정적으로 임하게 하고
당연히 좋은 성과를 낼 수 없습니다.

우리는 다른 사람 인생에 너무 깊게 관여하는 습관을
버려야 합니다.

한 사람을 비난하는 사람은 한 사람만을 비난하지 않습니다.
살아가면서 자신의 마음에 들지 않는 수많은 사람들을 매번 비난하며 살아갑니다.

그렇다고 자신에게 남는 건 없습니다.
오히려 가까이에 있는 사람들은 이런 생각이 듭니다.
나중에 나도 자신의 마음에 들지 않으면 비난하는 거 아닐까하고요.

누군가를 미워하고 싫어할 수도 있고 분노할 수도 있지만
한 사람을 계속 비난하거나 상황에 대해 잘 알지도 못 하면서 근거 없는 비난을 하면
다른 사람에게 큰 상처를 줄 수도 있습니다.

남을 비난하는 건 나 자신에게는 아무런 도움이 되지 않습니다.

오늘 무엇을 했고 내일은 무엇을 할 계획이고
오늘은 무엇이 좋았고 무엇을 보완해야 하며
내일의 기대되는 일들은 무엇인지 생각하는데 시간을 써야 합니다.
다른 사람에게 관여하는 습관에서 벗어나 자신의 인생에 집중하는

것이 시간이 지나
당신의 삶에 훨씬 좋습니다.

둘째 진심으로 사람을 대해야 합니다.
회사 생활을 하든 사회생활을 하든 사업을 하든 정말 중요합니다.
내가 생각하기에 모른다 생각해도 상대가 내가 진심인지 아닌지 다 알기 때문입니다.
당신이 진심으로 자신을 대하는지 대하지 않는지
이익으로 자신을 대하는지 아닌지.
인생에는 내가 진심으로 대한 사람만이 남습니다.
결국 그 사람이 당신이 어려울 때 가장 큰 도움이 될 것입니다.

진심으로 말하고 진심으로 들으세요.
사람관계에서는 진심으로 하는 것만이 의미가 있습니다.

셋째 코로나가 빨리 멈춰야 할텐데…. 코로나가 나중에 멈추게 된다면 여행을 많이 가세요.
여행을 많이 가는 것이 성공에 아주 큰 도움이 됩니다.
시야가 넓어집니다. 경험의 지도가 넓어집니다.

그것은 아주 중요합니다.

예를 들어 똑같은 수저를 만든다고 해도 다양한 수저를 보고 경험한 사람은 남들이 생각하지 못 한 독창적인 수저를 만들어 냅니다. 시야가 넓어서 그렇습니다.

그러나 많은 것을 경험하지 못 한, 수저를 본 적이 없는 사람은 하나의 수저를 만드는 것도 너무나 어려워합니다.

많은 것을 경험하고 경험의 지도를 넓히다 보면
어떤 일을 하든 도움이 됩니다. 지혜가 생깁니다.

그리고 무엇보다 지쳤을 때 어디로 떠날 수 있다는 건 그 자체로 큰 기쁨이 됩니다.

어기까지 들었을 때 큰 공감이 되었지만 묻고 싶었다.
열심히 하는 건 중요하지 않은지.
질문하니 이렇게 답하셨다.

열심히 하는 거 중요하죠. 매우 중요합니다.
열심히 안 할 거면 차라리 안 하는 게 나을지도 몰라요.
애매하게 하면 시간은 가고 성과는 없고 마음은 조급해지고 그럼 더 힘들 수도 있거든요.

그런데 열심히 하는 것도 중요한데 더 중요한 건
너무 뻔한 얘기지만
끝까지 자신을 믿어주는 겁니다.

왜냐면 저는 40대에 안정적인 삶을 갖게 되었어요.
20대 30대는 실패의 연속이었습니다.
그때 열심히 안 했냐고요?
아니요. 어쩌면 지금보다 열심히 했어요.
그런데 잘 안 될 수도 있더라고요.
실망도 하고 좌절도 했지만 어쨌든 열심히 하는 제 자신을 믿어주었습니다.

그리고 40대가 되니 조금은 남들이 부러워하는
삶을 살게 되었습니다.

자랑해서 죄송합니다. 하지만 사실입니다.

자신을 믿는 것은 중요합니다.

언제 빛날지는 모르지만 반드시 빛날 겁니다.
지금 애쓴 만큼
지금 노력한 만큼
시간이 지나고 누구보다 밝게 빛날 것입니다.

그러니 자신을 포기하지 않고
계속해서 씩씩하게 나아갔으면 좋겠습니다.

밝게 빛날 그 날을 향하여.

인간관계를 잘 하는 방법

얼마 전 주류공장을 크게 운영하시는 대표님을 만나게 되었다.
우연히 식사자리에 초대되어서 뵙게 되었는데
나보다는 나이가 훨씬 많으셔서
내 이야기를 하기 보다는 주로 해주시는 말씀을 듣게 되었다.

젊었을 적 처음 하신 일은
여러 업체에 주류를 배달하는 일이라고 한다.

배달하면서 자연스레 업체를 운영하시는 여러 사장님들을
볼 수 있게 되었고 일을 하면서 느낀 건
세상에는 크게 두 부류의 사람으로 나뉜다는 것이었다.

사람을 대할 때 친절한 사람과, 친절하지 않은 사람.

즉 사람을 존중하는 사람과 존중하지 않는 사람.

자신은 당시, 아무것도 가진 것이 없는 청년이었는데
그런 자신을 친절하게 대하고 존중해주는 사람이 있는가 하는 반면

자신에게 이유 없이 불친절하며
자신의 인격을 존중해주지 않는 사람이 있었다고 한다.

친절한 사장님을 찾아갈 때는
아침부터 기분이 좋고 하는 일에 더 자신감이 생겼다.
불친절하고 인격적으로 대하지 않는 사장님을 찾아갈 때는
전날부터 잠도 오지 않고 다음날 일하러 가기도 싫었으며
하루 종일 마음이 위축되고 해야 될 일도 집중 되지 않았다고 한다.

그래서 그날 생각한 건 나는 어떤 사람을 대하든 모든 사람을
인격적으로 대하며 친절하게 대해야겠다고 생각했다 한다.
다만 자신을 인격적으로 대하지 않는 사람에게까지
친절하게 대하지는 않으셨다고 했다.
처음에는 불친절한 사람에게까지 인격적으로 존중했지만
그럴수록 자신의 마음이 피폐해지고 망가지는 것을 깨달았다고
했다. 희생할 수 없는 부분까지 자신을 희생하면
인간관계에서 싫은 사람을 한 명 더 얻을 수 있을지는 모르지만
자신을 잃게 된다는 걸 깨달았다.

그렇게 그 외 모든 사람을 존중하며 친절하게 대했다.
30년이 지나 인간관계에서 자신이 얻게 된 것은 3가지인데
첫째는 좋은 평판과 신뢰이고
둘째는 많은 사람들이 자신을 먼저 찾고 좋아해주게 되었다.
자연스럽게 주위에는 친절하고 인격을 존중해주는 사람들로
인간관계가 채워지게 되었다.
그리고 그런 사람들과 하는 인간관계는 딱히 어렵지 않다고 했다.
셋째는 자신의 직원들 중 10년 이상 근무한 직원이
전체 직원에 70프로 이상이며 자신과 함께 일하는 사람들은
오래 일하며 능률이 올랐고 자신이 맡은 일도 더 열심히 해주었다.
덕분에 자신도 더 잘 될 수 있었다고 한다.

마지막으로 말씀하셨다.

그 사람이 얼마나 돈이 있는가
그 사람이 어떤 외모를 가졌는가
얼마나 유머가 있는가
얼마나 말을 화려하게 하는가.

단기적으로 인간관계에 영향을 미칠지 모르지만
장기적으로 보았을 때 인간관계에 가장 큰 영향을 미치는 건
그 사람이 사람을 대할 때 인격을 존중하며 친절한가 라고 말했다.

오랫동안 같이 있고 싶다는 생각이 드는 사람이 되는 것,
그것이 인간관계를 잘 하는 방법이라고 말하셨다.

오랫동안 같이 있고 싶다는 생각이 드는 사람,
닮고 싶다는 생각이 드는 사람은
친절하며 나의 인격을 존중해주는 사람이다.

단순히 인격적으로 사람을 대하고 친절하게 대하는 것만으로도
삶에 많은 것을 얻을 수 있다고 하셨다.

그리고 짧게 하나를 더 말한다면
가능한 젊었을 때 많은 사람을 만나보라고 하셨다.

많이 만나봐야지만 진짜 좋은 사람이 어떤 사람인지 알 수 있다고.
예를 들어 여행을 많이 가보지 않은 사람은 새로운 장소에 간다면

그곳이 엄청 좋은지, 보통 좋은지, 별로인지 잘 알 수 없다고.
하지만 여행을 많이 가본 사람은
비교를 통해서 알 수 있다고 하셨다.
여기가 정말 좋은 곳인지, 이만한 곳은 찾기 어려운지,
아니면 여기는 별로인지, 그래도 중간은 하는지 알 수 있다고.

그래서 삶의 시간을 나눠야 한다.
좋은 사람과 잘 맞는 사람에게 삶의 시간을 더 쓰고
좋은 사람이지만 자신과는 잘 맞지 않는 사람에게는
삶의 시간을 조금 덜 쓰고 인격적으로 사람을 대하지 않고
불친절한 사람에게는 딱히 내 삶의 시간을 쓸 필요가 없다고.

이렇게 방향을 정하고 나아간다면
인간관계를 하는데 생겼던 걱정들이 많이 풀릴 거라고 하셨다.
더불어 자신이 하는 일까지 능률이 더 오를 거라고.

사실 인간관계를 잘 이어가는 방법이 특별히 있기 보다는
인간관계에서 꼭 지켜야 될 매너가 있다며
그 매너를 지키는 사람을 만나라고 하셨다.

이야기를 듣는 내내 나의 인간관계를 돌아 볼 수 있었고
내가 사람을 대하던 방식을 돌아 볼 수 있었다.
앞으로 어떤 식으로 인간관계를 해나가면 좋을지에 대해 조금은
길이 보이는 시간이었다.

친구를 사귈 때

누가 누구보다 못났고 잘났고는

별로 중요하지 않다.

그 사람이 너무 날카롭지 않으며

어느 정도에 책임감이 있고

함께하고 싶은 의지가 충분하다면

그걸로 충분하다.

좋은 선택을 하는 방법

어떤 청년이 선택을 잘하는 방법을 알고 싶어
사회적으로 성공한 사람들을 찾아다니며 선택을 잘하는 방법에 대해 물어보았다.

선택에 관하여 그들이 청년에게 공통적으로 한 이야기가 있는데
선택하지 못해 오랫동안 고민하고 있는 누군가에게 도움이 되길 바란다.

선택을 잘하는 방법에는 3가지가 있다고 한다.

첫째는 컨디션이 좋을 때 선택하는 것이다.
마음이 불안하거나 몸이 피곤하거나 잠을 못잤거나
배가 고프거나 기분이 안 좋거나 이렇게 컨디션이 좋지 않은
상태에서 나오는 선택은 좋은 선택을 만들기 어렵다고 한다.
몸과 마음의 컨디션에 맞게 생각의 컨디션도 형성되고 문제를
바라보는 시야가 생긴다. 그러니 몸과 마음의 컨디션이
좋지 않으면 생각의 컨디션도 좋지 않고 시야가 좁아져서
좋은 선택을 할 수 없게 된다.

성공한 사람들의 이야기를 들어 보면 최고의 상태에서 선택을
하기 위해선 항상 몸과 마음의 컨디션을 잘 유지한다고 한다.

너무 당연한 얘기일 수 있지만 일상에서 잠을 충분히 자기 위해
항상 노력하고 밥을 잘 챙겨 먹어야 되며 스트레스를 주는 사람도
가급적 피하고 내가 가장 편한 몸과 마음의 상태가 되기 위해
관리하고 노력해야 된다.
그것이 당장 경제적 이득을 주지 않아도 최상의 몸과 마음의
상태에서 하는 결정과 선택은 최선의 선택을 만들어 내기 때문이다.

하나의 최고의 의사결정은 장기적으로 보았을 때 삶에 커다란
이익을 가져다준다. 잘 못된 선택도 경험이 되는 건 맞지만 이왕이면
잘 못된 선택을 하지 않고 빠르게 나에게 맞는 최고의 선택을 하길
모두 바랄 것이다.

그러기 위해서는 일상에서 당장에 이득을 주지 않는다고 해도
장기적으로 더 큰 이익을 주는 최상의 몸과 마음의 컨디션을
갖기 위해 노력해야 한다.

운동을 하고
잠을 잘 자고
밥도 잘 먹고
마음이 불편하지 않게 기분이 좋을 수 있게 나를 위해 노력하고.

둘째는 산책이다.

좁은 방안에서 움직이지 않고 생각을 해서 의사 결정을 한다면
시야가 좁아질 수 있고
생각의 방향이 문제를 객관적으로 바라보기 어려우며 한쪽으로
쏠릴 수도 있다.

그러나 넓은 공간이나 시야가 탁 트인 곳에서 생각하면
생각의 시야도 커진다.
넓게 생각할 수 있고 넓게 고민 할 수 있고 한쪽에 생각이 쏠리거나
편협되는 것을 막을 수 있다.

넓게 바라보고 넓게 생각하는 것은 중요하다.

그러나 좁은 공간에서 가만히 앉아서 생각한다면
넓은 생각을 갖기 어려울 수 있다.

셋째 선택을 해야 하지만 아무리 생각해도 모르겠다면
다수의 사람들에게 물어본다는 것이다.
상대가 좋아하는 것이 내가 좋아하는 것이 아닐 수도 있지만
적어도 다수가 좋아하고 다수가 공통적으로 하는 이야기는
참고할 필요가 있다.

사람은 어느 정도 보는 눈이 같다.

좋은 건 누가 봐도 사실 좋고
안 좋은 건 누가 봐도 안 좋다.

애매한 것이 문제다.
애매한 것은 사실 잘 모르겠다.
그 애매한 것은 다수의 의견을 참고해도 좋다.
다수가 보기에 그 애매한 것이 좋은지 아니면 별로인지.

그래서 많이 묻고 의견을 공유하는 것은 안정적이고
좋은 선택을 하기 위한 굉장히 좋은 방법이다.

불안할 때, 기분이 좋지 않을 때, 몸이 힘든 상태에서는
선택을 미뤄두었다가 최상의 몸과 마음의 상태에서 결정하는 것
넓은 시야를 갖기 위해 시야가 트인 곳에서 걸으면서 생각하는 것
애매한 것 잘 모르겠는 건 다수의 의견을 참고 하는 것
그것이 후회가 적은 최선의 선택을 하는데
많은 도움을 준다는 것이다.

그리고 말했다.

선택엔 정답이 없다.
그 상황에서 나에게 맞는 선택을 찾아내는 것이
나에게 최고의 선택이다.

그리고 지나간 잘하지 못 한 선택에 미련을 가질 필요는 없다.
그 미련은 아무런 도움도 되지 않고
지금 나의 컨디션을 깨뜨릴 뿐이다.

실수를 줄이기 위해 마음이 조급할수록 오히려 천천히 가고
마음이 무기력 할수록
다양한 시도를 해보는 것이 중요하다고 했다.

실수에 너무 연연하지 않고
실행에 옮기는 것
그러다 보면 원했던 실력은 자연스럽게 쌓이며 성장한다고 한다.

만약 당신이 선택해야 하지만 아직 선택을 못 해 고민이라면
당장 급하게 선택하려고 하지 말고
위의 방법을 토대로 최선의 선택을 해나갈 수 있기를 응원한다.

자존감과 연애

한 여자는 어떤 남자를 굉장히 사랑했다.

두 사람은 연인이었고

서로가 서로를 좋아했지만 시간이 지나 남자는 마음이 식게 되었고
여자는 시간이 갈수록 남자를 더 좋아하게 되었다.

그래서 남자가 여자에게 사랑을 많이 표현하지도 않고
사랑한다 말해 주지 않아도
여자는 남자가 자신을 좋아할 것이라고 애써 믿으며
남자에게 모든 걸 맞춰주며 남자의 곁에 머물렀다.

하지만 시간이 갈수록 서운함은 점점 더 심해졌다.

자신의 마음을 알아주지 않고
자신에게 짜증과 화만 내며 상처 주는 일들이 많아졌고
어느새 그런 행동들이 당연해졌다.

남자를 떠나고 싶지만 남자와 이별하게 되면 너무나 슬플 걸 알기에

남자를 너무나 좋아하기에 떠나지 못 하고 계속 참으며
남자 곁에 머물렀다. 그러다 결국 남자의 일방적인 통보에
여자는 남자와 헤어지게 되었다.

여자는 말할 수 없는 슬픔에 잠겼고
한동안 밥도 제대로 먹지 못했다.
처음에는 남자를 미워했지만 시간이 흐를수록 자신이
더 노력하지 못 해 헤어진 게 아닐까란 생각에
후회하며 괴로워했다.

자신은 그 누구에게도 사랑받을 수 없는 사람 같고
자신은 문제가 많은 사람이 아닐까 하는 생각이 들었다고 한다.

하지만 시간이 많이 흘러 여자는 말했다.
그때 제가 자존감이 많이 낮은 상태였다는 걸
시간이 흘러 알게 되었어요.

자존감이 낮으면 생각이 좁아지고 판단이 흐려지며 자신이
얼마나 힘들고 어떤 상태인지에 대해 무뎌지는 것 같아요.

저는 그때 그 사람을 만나면서 얼마나 상처받고 얼마나 힘들었는지
많은 시간이 지나서야 깨닫게 되었어요.
그 사람을 사랑했다기 보다는 그냥 내 자신에게 내가 자신이 없으니
그 사람이 더 크게 보이고 그 사람이 나보다 더 대단해 보이고
그 사람이 나보다 더 나아보여서….
제가 문제라고 생각했던 것 같아요.

그건 사랑이 아니라 제가 그 시간 동안 제 자신을 그 사람에게
가두었던 것 같아요.

스스로 아무것도 하지 못하게
스스로 혼자 설 수 없게
스스로를 스스로가 많이 힘들 게 한 것 같아요.

저는 그 사람이 아니어도 얼마든지 행복할 수 있는 사람인데
그 사람에게 제가 많이 의존하면서 저를 잃어버린 것 같다는
생각이 들었어요.

시간이 지나고 자존감을 회복하면서 이런 사실들을 깨닫게 되었고
지금은 그 사람이 밉지도 좋지도 않아요. 그리고 그 시간이 별로
후회 되지도 않아요.
아니 후회하고 싶지도 않아요.

그런 시간이 있었기에 제가 앞으로 어떤 사람을 만나야 하고 어떤
사람이 되어야 하는지 자세히 알 수 있게 된 것 같아요.

제가 이별로 힘들어하니 주위에서 말하더군요.
자신을 많이 사랑해주는 사람을 만나라고.
그것도 맞는 말이지만 저는 그때 생각했어요.
제가 제 모습을 사랑할 수 있을 때
누군가와 함께 하고 싶다는 생각을요.

내가 내 모습을 사랑하지 못 할 때 자존감이 많이 낮아져 있을 때
누군가에게 의지하려고 한다면 결국 같은 사랑이 반복될 것 같다는
생각이 들더라고요.

그리고 이런 생각도 들었어요.

그 남자 처음에는 저를 진심으로 사랑하는 게 느껴졌거든요.

그런데 시간이 지날수록 저에게 마음이 식는 게 느껴지더라고요.

처음에는 저의 당당한 모습을 사랑했지만
제가 점점 자존감을 잃고 의지하고 기대는 모습에
저를 사랑하는 마음이 식었을 수도 있겠다 하는 생각이
들기도 했어요.

그래서 저는 저를 더 사랑할 수 있는 사람이 되기 위해 노력해요.
내가 가장 행복한 모습이 되기 위해
내가 가장 행복한 사랑을 하기 위해
너무 의지하지도 너무 혼자 서 있지도 않은
가까우면서 적당한 자신만의 거리가 있는 사랑을 하기 위해.

예전에는 누군가 저를 사랑해 주길 기다렸는데
누군가 먼저 다가와 주길 기다리고 그 사람이 주는 사랑이 좋아서
그 사람이 주는 사랑을 계속 받고 싶어 그 사람에게 맞춰주었는데.

이제는 내가 나를 사랑하고
내가 진정으로 사랑하고 싶은 사람을 만나고 싶어요.

건강한 사랑은 두 사람의 좋은 모습을 서로가 닮아가는 거고
아픈 사랑은 두 사람의 단점을 서로가 닮아가는 거래요.

좋은 모습을 닮고 싶고 닮아 가는 사람을 만날 수 있길 바라요.

내가 사람들과 어울리기에 문제가 있는 건 아닐까

인간관계가 계속 안 좋게 끝나다 보면
누구나 자신을 의심하게 됩니다.

"내가 사람들과 어울리기에 정말 문제 있는 건 아닐까?"

그런 생각들이 반복되다 보면 의기소침해지고
사람 관계를 하는 게 두렵고 어려워집니다.

그런 생각은 당신만 하는 것이 아닙니다.
인간관계를 맺는 누구나가 겪는 고민입니다.

저 역시 마찬가지입니다.

주위 사람들이 '나'를 찾지 않는 것 같기도 하고
때로는 새로 겪게 되는 인간관계들이
계속 잘 되지 않을 때 드는 생각입니다.

하지만 지나고 보면 멀리 있든 가까이 있든
누군가는 곁에 남아있습니다.

당신도 마찬가지일 것입니다.
인간관계로 마음이 약해질 때 두 가지 사실을 기억하면 좋습니다.

첫째는 당신은 관계가 어려운,
혼자가 편한 비사회적인 사람일 수도 있습니다.

반대로 사람들과 어울리는 게 편하고 좋은
사회적인 사람일 수도 있습니다.

당신이 어떤 사람인지 아는 것이 중요합니다.

꼭 어떤 모습이 돼야 하는 건 없습니다.

사회적인 사람도 있고 비사회적인 사람도 있습니다.
성향의 차이입니다.

찬 물이 좋은 사람이 있고 따뜻한 물이 좋은 사람이 있듯이
찬 물을 좋아한다고 정답이고
따뜻한 물을 좋아한다고 틀린 것이 아닙니다.

각자의 성향이 다를 뿐입니다.

당신이 어떤 성향의 사람인지 알고
당신의 마음에 맞게 행동하고 살아가는 것이 중요합니다.

둘째 나의 행복을 타인으로 채우려고 하면 안 됩니다.

"타인이 나에게 어떻게 해줘야 나는 행복해."

"타인과 함께 무얼 해야지만 인생이 행복해."

그럼 당신은 자주 공허해질 것이며
자주 인간관계가 어렵다고 느껴질 것이며
자주 사람들에게 서운해질 것이며 자주 사람들로 인해
감정기복이 심해질 것입니다.

당신의 행복을 스스로 채울 수 있도록 노력해 나가야 합니다.
그래야 당신이 사회적 성향이든 비사회적 성향이든
타인으로부터 흔들리지 않고 인간관계를 자신의 성향에 맞게 해나갈 수 있습니다.

이 두 가지가 인간관계에서 중요합니다.

이 두 가지를 모르거나,
전혀 의식하지 않는다면 당신을 힘들게 할 수도 있습니다.

당신이 사회적이지 않다면
사회적이지 않은 그런 자신을 사회적인 사람과 비교하며
힘들어하고 오랫동안 괴로워하거나 자책하며 살아갈 수 있습니다.
아니면 스스로 비사회적인 모습을 인정했다 해도 타인으로부터
나의 행복을 계속 채우려고 한다면 인간관계에서 자유로울 수 없고
괴롭게 됩니다.

두 가지 사실을 기억하며 인간관계를 맺는 것이
당신의 인간관계에서 당신만의 중심을 잡게 도와줍니다.

길가에 핀 꽃
산에 핀 꽃
어느 모퉁이에 핀 꽃.

꽃은 모두 향기롭고 예쁩니다.

당신이 어떤 모습이든 어딘가에 피어있든
당신은 예쁜 사람입니다.

이직을 고민하고 있다면

친구가 이직을 고민했다.

지금 다니는 회사가 나쁘지는 않은데
미래를 생각하면 계속 있어야 하는 것인지 고민이 되고
그렇다고 이직한 곳이 근무환경이나 분위기가
지금보다 더 나을 거란 보장은 없고….

이직을 하는 게 옳은지 틀린지의 고민으로 생각이 복잡하다 하였고
자신보다 사회 경험이 많은 선배에게 물었다고 한다.

이직을 하는 게 좋을지, 하지 않는 게 좋을지.

그러자 선배는 이렇게 말했다고 한다.

"개인적인 생각이지만….

어디를 가도 백 퍼센트 내 마음에 드는 회사는 없고
정말 다니고 싶어서 다녔던 회사도 다니다 보면
가기 싫은 마음이 들고

계속 다녀야 하나 말아야 하나 고민이 들기도 하며
어느 회사를 다니던 예상하지 못한 어려운 일이 생길 수 있어.
아무리 좋은 회사를 가도, 나와 맞는 회사를 가도 마찬가지야.

그래서 지금, 방금 말한 생각들이 든다고 당장 이직을 하게 되면
후회할 수도 있어.

단순히 어떤 시기 때문이 아니라
오랫동안 방금 말한 생각이 반복적으로 든다면 3가지 이유일 거야.

1. 지금 다니는 회사에 내가 좋아하는 사람이 한 명도 없거나
2. 업무가 나와 적성에 너무 맞지 않거나
3. 정말 하고 싶은 새로운 일이 마음속에 생겼거나.

위의 3가지 이유라면 지금 회사는 너와 맞지 않는 것일 수 있어.

맞지 않는 신발을 신거나
맞지 않는 옷을 입는 것처럼.

그럼 그만 두냐고?

아니 그래도 다시 고민해 봐.

맞지 않는 신발과 옷을 입었다고 치고 그 대가를 받는데
그 대가가 맞지 않는 신발과 옷을 입는 대가로 마음에 드는지.

마음에 들지 않는다면
나의 경험으로는 그때는 이직해도 좋을 것 같아.

내 예전 직장 상사가 내게 물은 적이 있어.

지금보다 돈을 더 많이 받고 마음이 불편한 곳에서 일할래,
지금보다 조금 돈을 덜 받더라도 마음이 편한 곳에서 일할래.

물론 개인의 상황에 따라 다르지만
나는 아무리 많은 돈을 받는다 해도
마음이 계속 불편한 곳에서는 일하기가 어렵다는 생각이 들었어.

마음이 불편하면 돈을 더 받더라도
그 돈을 결국 스트레스 푸는데 쓰게 되더라고.
그럼 다시 남는 건 없고, 모이는 건 없고
그런 시간들이 반복 되었던 것 같아.

그래서 나는 이직을 결심하게 되었고
지금은 나름 마음에 드는 곳에서 일을 하고 있어.

나는 일을 할 때 함께 하는 사람들의 분위기를 중요하게 생각해.

그 분위기가 나와 어울리는지.

내가 잘 할 수 있는 분위기인지.

너도 잘 생각해서
조금이라도 너와 분위기가 어울리는 곳에서 기분 좋게
하루를 시작하고 기분 좋게 하루를 마무리할 수 있었으면 좋겠어."

우리는 때론 안전한 곳을 버리고
새로운 곳으로 떠나야 할 때도 있어.

안전한 곳이 나를 괴롭게 한다면.

스스로 판단했을 때 보다 더 나은 삶을 위해
새로운 곳으로 가야 할 때도 있겠지만
그 여정이 너에게 너무 버겁고 두렵고 무섭지 않기를
응원할게.

무언가를 할 때 확신이 없으면 드는 생각들

1. 내가 잘 하고 있는 게 맞을까

2. 계속 이대로 해도 되나

3. 내가 틀린 건 아닐까

4. 언제까지 해야 되는 걸까

하고 싶은 일을 해야 할까, 안정적인 일을 해야 할까

아들이 아버지에게 물었다.

하고 싶은 일을 해야 할까요, 안정적인 일을 해야 할까요.

그러자 아버지가 말했다.

"하고 싶은 일을 해야지."
살면서 하고 싶은 일이 있다는 건 커다란 축복이란 걸
나이가 들고 시간이 지나면 알게 된단다.

나이가 들수록 내가 뭘 좋아하는지 뭘 하고 싶은지
점점 잊게 된단다.

하고 싶은 것이 있다는 건 그 자체로 축복이야.
삶을 나의 색깔로 살아 갈 수 있는 기회가 온 거란다.

그러자 아들이 말했다.

하지만 그 일은 안정적이지 않아요.

잘할 수 없을지도 모르고요.
그러다 남들과 비교했을 때 경쟁에서 뒤처지고
남들보다 가난해진다면 결과적으로 하고 싶은 일을 해도
행복하지 않은 삶이 되는 게 아닐까요?

맞아 그럴 수 있지.

하지만 네 인생은 네가 생각하는 것처럼
결코 부정적이게만 흘러가지 않을 거야.
그렇게 되도록 네가 가만히 내버려두지 않을 거거든.

너는 하고 싶은 일을 하다가 경제적 여건이 어려우면
다시 안정적인 일을 찾기 위해 노력할 거야.
너는 어떤 상황에서도 네 삶이 불행해지기를 내버려두지 않을 거야.
그러니 네 삶이 불행한 채로 살아가게 될 거라고 생각하며
지금 미리 걱정하지 않아도 돼.

지금 네게 필요한 건 인생에서 다시는 할 수 없게 될지 모를
일을 과감히 시도하는 거야 잘하든 못하든.

그럼 그 속에서는 그 일이 너와 맞는지 아닌지 알게 될 거고
네가 잘할 수 있는 일인지 잘 못하는 일인지 알게 될 거야.
어쩌면 해봤는데 별로다 생각이 들 수도 있고
안 했을 때보다 더 불행하다 느껴질 수도 있어.

그럼 안 하면 되는 거야.

시도했는데 좋을 수도 있어.
너와 잘 맞고 네가 그동안 해온 어떤 일보다 너를 빛나게 해 주고
너를 경제적으로 풍요롭게 해주며
주위 사람들에게 인정받는 사람이 되도록 도와줄 수도 있어.
그럼 너는 그 일과 잘 맞는 거야.
그 일을 열심히 해서 원하는 것들을 이뤄 나가는 거야.

그건 해봐야지만 알 수 있어. 미리 부정적으로 생각할 필요는 없어.
'해보지 않고 잘하지 못 하면 어쩌지.'

이런 질문은 아무 소용없고 아무 의미도 없단다.

잘하지 못 하면 어쩌긴. 괜찮아.
다른 잘하는 일을 찾으면 되지.

나만의 레이스를 멋지게 완성해 나가면 되는 거야.

인생이 늦는다고?
인생에 늦는 건 없어.
인생이 행복한 사람과 행복하지 않은 사람만 있을 뿐이지.

매일매일 바뀌는 하루 속에서 내가 살아갈 이유가 없다면
내 존재가 무의미해진다면 빠르게 나아가는 건 중요하지 않아
오히려 멈춰야 할 때이지.

멈춰서 나아갈 방향을 다시 고민해야 될 때인 거야.
그럼 그 순간에는 다른 사람보다 늦어 보일 수 있지만
그 사람은 영원히 멈춰 있지 않을 거고
옳은 방향을 찾아 분명 다시 나아갈 거야.

그리고 행복해지겠지.

남들과는 조금 방향이 달라도
남들과는 속도가 조금 달라도
남들과는 생각이 달라도.

행복해지겠지.

인생에서 빠르고 느린 건 중요하지 않단다.
예를 들어 우리 인간의 공동의 목표가 결혼이라 쳐보자.
그렇다고 결혼을 빨리 하면 남들보다 앞서고 잘 사는 인생이고
결혼을 늦게 하면 실패한 인생이 되겠지만
너도 알다시피 우리 인간의 공동의 목표가 결혼이 아니야.

한 인간의 목표는 자신의 인생을
자신의 색깔로 주체적으로 그리면서 나아가는 것이지.

보다 내일이 기다려지고
오늘이 보람차고 마음이 기뻐지는 순간들을
많이 만나면서 살아가는 것이 우리 인간의 목표겠지.

그렇다면 너의 방향은 정해져 있어.

지금도 그렇고
앞으로도 그렇고

하고 싶은 일을 해.

그 길이 쉽다는 건 아니야.
그 길은 어떤 길보다 어려울지도 몰라.
하지만 그 어려운 길을 가는 네가 나는 불쌍하지 않단다.

오히려 네가 대단해 보일 거야.

너만의 길을 걸어가는 네가.

하지만

네가 원하지 않는 길을 가면서 인생이 행복하지 않다고 말한다면
나는 네가 안타까울 거야.

숲속에 가면 수많은 나무가 있지
종류도 많고 모양도 다 다르단다.

이상한 일이 아니란다.

그냥 각자의 모습으로 존재하는 것이기에.

획일화된 모습이 되지 않아도 너는 실패자가 아니며
도망자도 아니란다.

가고 싶은 인생의 목표에 가까운 길을 선택해.

그것이 너의 마음을 가장 열정적으로 만들어주고
네가 계속해서 노력하고 싶은 삶을 살아가게 해줄 거야.

만약 누군가 아버지에게 인생에서 가장 후회되는 일이 무엇인지
묻는다면 실패하더라도 가고 싶은 길을 가보지 못 했던
현실에서 꺼내보지 못 했던 마음속 이야기들이야.

너는 마음속 꿈을 세상에 꺼내어
살아갈 수 있었으면 좋겠다.

모두가 똑같은 것을 잘할 수는 없다.

남들보다 내가 못하는 게 있을 수도 있고
잘하는 게 있을 수도 있다.
어떤 사람은 섬세하지만
어떤 사람은 시야가 넓다.
어떤 사람은 여유가 있지만
어떤 사람은 일 처리가 빠르다.

장점이 단점이 되기도 하고 단점이 장점이 되기도 한다.
남들이 해낸 것을 내가 해내지 못 할 수도 있다.
남들은 포기하는 것을 나는 끝까지 포기하지 않고
해낼 수도 있다.

지금의 내 모습이 마음에 들지 않더라도

포기하지 말고 끝까지 지켜보길 바란다.

앞으로
내가 무엇을 해내는지.

앞으로 무엇을
끝까지 도전하는지.

내가 남들과 다른 어떤 장점이 있고
앞으로 내가 얼마나 위대한 사람이 되는지.

지금의 내 모습을 절대 포기하지 말고

끝까지 지켜보길 바란다.

지금은 보이지 않아도
인생에는 아직 만나지 못 한 아름다운 시간이 놓여져 있다.

자신과의 약속을 지켜내는 사람

정말 말랐던 친구가 3년이 지나 보니 몸이 좋아져
보디빌더 시합을 준비하고 있다는 소식을 들었다.

정말 대단하다고 말하니 친구가 내게 말했다.

그렇게 말해 줘서 고마워 나는 이번에 정말 많은 걸 깨달았어.
솔직히 예전에는 재산을 많이 물려받거나
특별한 재능을 가진 사람들을 부러워하며
살았는데 이제는 부러움의 기준이 완전히 바뀌었어.

묵묵히 성실하게 자신과의 약속을 지켜나가는 사람이
대단하다는 생각이 들고 그들이 부러워졌어.

나는 주말을 빼고 요즘 운동을 3년간 매일 2시간씩 했어.
식단도 조절하면서. 정말 힘들더라.
하루 이틀, 한두 달은 어떻게든 하겠거든?

그런데 쉬지 않고 매일 같은 노력을 반복한다는 게 얼마나 힘들고
쉽지 않은 일인지 깨닫게 되었어.

내가 가장 존경하는 사람은 묵묵히 성실하게
자신과의 약속을 지켜나가며 노력하는 사람이야.

운동하면서도 그런 사람들을 많이 봤고 부러움의 기준이 바뀌니
자신의 자리에서 누군가가 알아 봐주지 않더라도
묵묵히 자신과의 약속을 지키며 노력해 나가는 사람들이 많더라.

자극도 되고 그동안의 내 삶에 대해 반성도 많이 하게 되었어.

왜 그런 줄 알아?

묵묵히 성실하게 자신의 하루 치 목표를 매일 이뤄나가는
사람은 결국 꿈을 이뤄내더라고.
그 사람은 뭐든 할 수 있는 사람이더라고.

지금 자신이 무엇을 가지고 있고 어떤 재능이 있는지
그 사람에게는 중요치 않았어.

왜 그런 줄 알아?

자신은 마음만 먹으면 뭐든지 해낼 수 있는 사람이거든.

남들이 보기에는 이해되지 않을 정도로 강한 집념을 가지고 있고
꾸준히 이루고 싶은 목표를 향해
자신의 마음을 컨트롤하며 매일매일 조금씩 성장하는 사람.
쓰러지고 쓰러져도 오뚜기처럼 일어나는 사람.

자신의 존재를 누군가 알아주길 바라며
백 마디 말을 하는 사람이 아닌
자신의 행동으로 그 가치를 증명해 나가는 사람.

그동안 나는 내가 무엇을 가지고 있고 가지고 있지 못 한지
나는 무엇을 할 수 있고 할 수 없는지를 자주 생각해왔어.
그리고 그것에 맞게 미래 계획을 세웠지.

전부 의미 없는 행동이란 생각이 들었어.

왜 그런 줄 알아?

내가 매일매일 묵묵히 목표를 정해 놓고 내 자신을 컨트롤
해나갈 수 있다면 나는 무한한 가능성을 가진 사람이 되니까.

사실 작년에 대회도 나갔었어. 예선에 떨어졌거든.
그 이전의 나였으면 한동안 슬럼프를 겪었을 텐데
슬럼프가 오지 않더라.
다만 내가 무엇이 부족했는지만 떠오르더라.
그것을 당장 수정해서 다시 대회에 나가고 싶더라.

어떻게 하면
오늘보다 내일이 더 나아질 수 있는지 알게 돼서인 것 같아.

앞으로 많이 걱정하지 않으려고.
정답은 정해져 있으니까.

묵묵히 성실하게 그날의 목표를 이뤄나가는 것.
그것이 나의 걱정을 해결해주고
나를 더 강하고 큰 사람으로 만들어줄 테니까.

좋아하는 걸 찾는 방법

1. 좋아하는 걸 찾기 위해서는 많은 것을 경험해봐야 한다.
많은 것을 경험하다보면 뒤돌아서서 생각나고
다시 보고 싶은 것이 있다.
그것이 내가 좋아하는 것이다.

2. 좋아하는 걸 찾기 위해서는 시간과 돈이 필요하다.
시간과 돈이 있어야 새로운 것을 경험할 수 있기 때문이다.
많은 사람들이 좋아하는 걸 찾기 위해 시간과 돈을 쓴다.
그러다 별로이면 시간과 돈을 낭비했다 생각하고
자책하며 좋아하는 것을 찾는 것에 시간과 돈을 쓰는 걸 망설이거나
도전하지 않는다.

그러나 그것은 실패와 낭비가 아니라
좋아하는 걸 찾기 위해 필요한 하나의 과정이다.

원래 좋아하는 것을 찾기 위해서는 시도해봤지만
좋아하는 것이 아닐 수도 있는 시간을 여러 번 지나야 한다.
그것이 1번에서 말한 '경험'이며
이 경험을 통해 좋아하는 것을 찾을 수 있게 된다.

무언가를 해봤는데 그게 아니라면 실패가 아니라 좋아하는 것,
나와 맞는 것을 찾기 위한 경험인 것이다.

좋아하는 걸 찾기 위한 의지가 있다 해도
막상 가진 시간과 돈이 부족하다면 좋아하는 걸 찾기 위한
시도가 어렵다. 그렇다고 남들과 비교하지 말고
내가 가진 만큼 내가 쓸 수 있는 만큼만 시간과 돈을 써서
좋아하는 것을 찾으면 된다. 전혀 조급할 게 없다.
좋아하는 걸 찾는 건 경쟁이 아니기에.

3. 행복은 '행복해야지'라는 생각에서 오는 것이 아니다.
내가 싫어하는 것만 가득한 상황에서 힘들지만
긍정적으로 생각해야지 행복해야지 라고 생각한다고
행복해지지 않는다. 행복은 만남을 통해 생긴다.
여기서 '만남'이란 사소하더라도 내가 좋아하는 시간을 갖는 것이다.
그러기 위해서는 내가 좋아하는 게 무엇인지 알아야 하고
좋아하는 것을 당장 못 한다고 해도
힘든 시간 뒤에 할 수 있다는 희망을 가질 수 있다.

4. 내가 지금 좋아하는 게 여러 개일 수 있고 한 개일 수도 있으며
좋아하는 것이 다른 것으로 바뀔 수 있다.
좋아한다는 건 내가 만나는 동안 행복한 시간이다.

5. 인생에서 좋아하는 게 꼭 있어야 되냐고 묻는다면 있어야 한다.
내 인생에서 내가 좋아하는 게 뭔지 모르고 좋아하는 게 없다면
나는 누구를 위해 살아가는 것일까.

나를 위해 산다는 건
내가 좋아하는 삶을 살아가기 위해 노력하는 것이다.

6. 해보지 않고 생각으로만 좋을 것이라 생각하며 내가 하는 것을
진짜 좋아하는 거라고 착각하면 안 된다.
그러면서 나는 왜 좋아하는 게 많은데도 우울하지? 그건 착각이다.
해보지 않았기에 내가 좋아하는지 좋아하지 않는지 알 수 없다.
해봐야지만 알 수 있다.
예를 들어 김밥을 좋아하는지 안 좋아하는지 생각으로 알 수 없다.
먹어야지만 내가 좋아하는 것인지 아닌지 알 수 있다.
해보지 않았다면 진짜 좋아하는 게 아니라

좋을 것 같다는 생각일 뿐이다.

7. 아주 작고 사소한 것이어도 좋아하는 걸 한다는 건
높은 자존감을 만들어준다.

외부의 이야기에 흔들리지 않고 내 세계가 생기는 것이다.

자존감을 높이는 실질적인 방법은
내가 좋아하는 것을 찾는 데
삶의 시간과 돈을 꾸준히 쓰는 것이다.
실패라 생각하지 말고 경험으로써 받아들이고
나를 위해 살아가는 것이다.

자신감을 갖는 방법

1. 꾸준하게 운동을 하는 것.
특별한 목적이 없어도 내가 보기에 내 몸이 마음에 들지 않는다면
자신감을 잃게 될 수도 있다.

2. 나와 관련 없어도 다양한 지식을 알고 있는 것.
깊이 알고 있지 않아도 다른 사람들과 대화할 때
대화가 잘 통한다는 걸 느낄 수 있다.
너무 내 분야만 알고 있다면 다른 사람과 대화하고 싶어도
내가 모르는 이야기일 때 무슨 얘기인지 몰라 대화가 어렵다.

3. 목표한 일이라면 하기 싫어도 힘들어도 어려워도
끝까지 해보는 것. 내가 의지대로 나를 컨트롤 할 수 있을 때
뭐든 할 수 있다는 자신감이 생긴다.

4. 부지런해질 것.
시간은 똑같이 주어지지만
모두가 똑같은 시간을 보내지는 않는다.
우리가 자신감이 낮아질 때는 시간이 흐른 뒤에
내게 남은 게 아무것도 없다고 느껴질 때이거나

나에게 주어진 시간을 소홀히 보낼 때이다.
부지런해야 할 때 부지런하지 않으면 흐르는 시간 속에서
많은 것을 놓치게 되고 자신감은 낮아지게 된다.

5. 할 수 있다고 믿을 것, 그리고 많은 것을 시도할 것.
자신감은 성취와 절대적 관련이 있지는 않다.
무언가를 이루고 성취해야지만 자신감이 높아지는 것이 아니다.

무언가를 성취하기 전, 도전할 때도 자신감 있는 당당한 모습이
자신감 없는 모습으로 도전하는 것과는 다른 결과를 만들어 낸다.

자신감은 처음부터 존재하는 것이 아닌 내가 만들 수 있는 것이다.
이 글을 읽는 당신이
지금 어떤 모습이든 자신감을 가져도 되는 존재다.

잘하려고 하니 실수하고

잘하려고 하니 생각도 많고

잘하려고 하니 걱정도 되고

잘하려고 하니 후회도 하고

잘하려고 하니 미안한 마음도 든다.

어릴 적 걸음마부터

시작했던 아이가

지금은 다양한 모습의 어른이 되었습니다.

어른이 되느라 고생 많았습니다.

부정적인 감정으로 변하는 이유

그동안 많이 참았기 때문입니다.
많이 참았기 때문에 이제는 아주 작은 일에도
쉽게 짜증이 나고 화가 납니다.

애쓰고 바라던 일이 결국 안 좋은 결과로 돌아왔기 때문입니다.
그것 하나만 바라보며 살아왔는데
잘 되지 않으니 더 이상 힘이 나지 않습니다.

현재 삶에서 내가 좋다고 생각하는 건 하나도 없기 때문입니다.
즐거움이 없다면 사람은 점점 부정적으로 변해갑니다.

또는 내가 좋은 건 없고 계속 주위 사람들만 챙기는 것 같다면….

마음을 놓을 주변 사람이 없을 때도 부정적으로 변해갑니다.
마음을 놓는다는 건
누군가 내 마음을 알아주는 사람이 있다는 것입니다.
마음을 놓을 사람이 없다면 항상 스스로 알게 모르게
외롭고 지쳐 있는 상태가 됩니다.

당연히 큰 어려움이나 힘듦이 찾아온다면
마음은 부정적으로 변합니다.
당장 해결할 수 없는 어려움이나
어떻게 해야 할지 모르겠는 상황들이
부정적인 마음이 들게 합니다.

특별하게 큰 다툼이 일어난 것은 아니지만
주위 사람들과 관계가 좋지 않을 때입니다.
사소한 말과 행동이어도 이해 못 할 행동과 말들을 계속 듣다 보면
마음의 평정심을 유지하기 어렵습니다.
관계가 좋지 않을 때 더 부정적으로 변하고
부정적인 마음 상태에서는 일도 휴식도 잘 안 돼 지쳐갑니다.

부정적인 마음의 상태가 오래가게 되면
사람은 예민해지는데
예민함이 오래가면 불안함이 찾아옵니다.

편안함이 행복의 감정이라고 하면
불안함은 행복과 완전히 반대되는 감정입니다.

지금 마음이 부정적인 상태라면
마주한 문제에서 해결해야 된다는 생각의 힘을 빼고
완전히 벗어나 잠시 쉬기를 추천합니다.

그럼 어느 정도 부정적인 감정에서
자연스럽게 벗어나게 될 거라 믿습니다.

오늘이 괜찮지 않았어도

내일은 더 잘 살아야 하기에

불안한 생각을 이제 멈춰야 한다.

사람을 힘들게 하는 건 사람입니다

사람을 힘들게 하는 건 사람입니다.

지나치게 다른 사람 인생에 관여하거나
상대방의 마음을 생각하지 않고 아무 생각 없이 말하거나
힘들어하는 사람을 이용하려고 하거나

다른 사람을 무시하며 자신이 얼마나 뛰어난지 말하려고 하거나
다른 사람을 시샘하거나 자신의 마음에 들지 않는다고 괴롭히거나
이런 행동들로 결국 사람이 사람 때문에 힘들어집니다.

하지만 정말 존경할만한 행동을 하는 사람도 있습니다.

타인의 대해 이야기할 때는 항상 말을 아끼고 조심하고
쉽게 자신이 옳다고 판단하지 않고
상대방의 이야기를 오랫동안 들어주고
상대방에게 필요한 것이 무엇일까 진심으로 고민해주고
대가 없이 나눠주고

자신의 자리에서 묵묵히 자신의 할 일을 해나가는 사람.

우리의 곁에는 어떤 사람이 더 많은가요.

나는 지금 어떤 사람인가요.

멋있는 사람이 되고 싶다면
멋있게 행동하고

좋지 않은 사람이 되고 싶다면
좋지 않은 행동을 하면 됩니다.

내가 어떤 사람인지는 내 행동이 말해줍니다.

앞으로 살아가면서 좋은 사람을 많이 만나고
나도 다른 이에게 좋은 사람이 되면 좋겠습니다.

그럼 언젠가 '나도' 더 많은 사람들도
사람이 사람 때문에 힘든 것이 아니라

사람으로 인해 행복한 순간이 더 많았다고 말할 수 있지 않을까
생각해 봅니다.

인생은 길고

소소하고 작은 행복한 일들이

더 많이 일어났으면 좋겠다.

당신 같은 사람 없다.

당신 같이 배려가 많거나

당신 같이 다른 사람의 마음을 상처받을까

걱정해주거나

당신 같이 잘하지 못했던 날을

많이 고민 하거나

당신 같은 사람 없다.

당신은 마음이 착하고 좋은 사람이다.

네가 얼마나 힘들었는지

네가 얼마나 외로웠는지

네가 얼마나 괜찮은 척했는지

나는 안다.

아픔을 인정 하는 건

아픔을 대하는 가장 좋은 방법이다.

우리의 행복은 '자유'에 있습니다.

"나는 얼음물을 좋아해"라고 말하는 사람도
아주 추운 겨울이 와서 몸이 추워지면
얼음물을 찾지 않게 됩니다.

그 사람에게는 지금 얼음물이 행복이 아니라
너무나 추운 지금은 얼음물을 마시지 않는 것이
행복이 될 수 있습니다.

"걷는 걸 싫어해"라는 사람도
자신의 가슴을 뛰게 하는 연인과 아름다운 길을 걷게 된다면
걷는 것은 불행이 아니라 행복이 됩니다.

우리의 행복을 정확히 얘기하자면
'무엇을 해야' 행복한 것이 아니라
상황에 따라서 그때의 내 마음이 원하는 것을 들어줄 수 있을 때
행복을 느낍니다.

그것을 한 단어로 표현한다면 자유입니다.

우리는 자유로울 때 행복을 느낍니다.

반대로 자유로울 수 없을 때 불행하다는 생각을 자주 갖게 됩니다.
예를 들어 대화하기 싫은 사람과 어쩔 수 없이 계속 대화해야 할 때
대화를 안 할 수 있는 자유가 없다고 느끼면 불행하다고 느낍니다.

일을 하기 싫은데 어쩔 수 없이 계속 일을 해야 할 때
자유가 없다는 생각이 들어서 불행하다 느끼게 됩니다.
더욱 간단한 예로 먹고 싶은 게 있는데 못 먹을 때
먹는 자유가 없다는 생각이 들어서 불행하다 느끼게 됩니다.

그러나 내가 원해서 하는 '자유'가 있다면
남들이 보기에 힘들어 보여도 나는 행복을 느낍니다.

예를 들어 추운 날씨에 내가 원해서 아주 높은 산을 오르는 사람,

내가 원해서 아주 멀리 있는 여자친구를 보러가는 사람 … 등

다행히 자유로운 삶은 누구로부터 받는 것이 아니라

내가 살아가면서 선택할 수 있는 것이며
누구나 자유로울 수 있는 권리 또한 있습니다.
타인을 괴롭히지 않는 선에서

그러나 우리가 자유로운 삶을 살 수 없게 만드는 생각이 있습니다.

첫째 "나는 남들과 같아야 해. 남들의 어떤 모습보다 뒤처지거나 다르면 안 돼. 그럼 인생을 잘못 사는 거야."

이런 생각을 가지고 있는 동안에
당신은 당신다울 수 없고 자유로울 수 없습니다.

둘째 "과거에 누구 때문에
또는 과거에 어떤 일 때문에 내가 불행한 거야"라는 생각.
이런 생각 또한 당신의 '현재'를 자유롭지 못 하게 합니다.

과거의 생각에 갇혀 당신의 현재를 자유롭게 살지 못 하게 하고
아무것도 제대로 할 수 없게 만듭니다.
셋째 "나는 해도 안 될 거야. 나는 늦었어. 내가 되겠어?"라는 생각.

당신의 한계를 스스로 정하는 생각과 습관은
당신의 자유를 막습니다.

그럼 당신은 아주 큰 땅에 아주 작은 동그라미 하나를 그린 채
스스로 그곳을 벗어나면 안 된다고 생각하며
계속 그곳에서만 살아가며 자유로운 삶을 살 수 없게 됩니다.

당신의 자유는 누구로부터 받는 것이 아니라
누구의 허락에 의해 존재하는 것이 아니라
당신의 지금 선택에서 결정됩니다.
물론 모든 것을 내가 원하는 대로 하며 살 수 없지만
내가 오랫동안 자유가 없어 불행하다 생각이 들었다면
지금까지는 마음이 답답하고 괴로웠다면
지금은 그동안 선택하지 못 했던 내 자유를 선택해보면 좋겠습니다.

삶의 방향을 어디로 나아가야 할지 모르겠다면
그때는
당신의 자유를 향해 나아 갈 수 있으면 좋겠습니다.

행복은 오늘의 내 생각을 닮는다.

자신의 가치를 스스로 정하는 사람이 되자.

무던히 잘 견뎌 냈다.

그것이 무엇일지라도.

괜찮지 않은데 괜찮은 척했다

1판 27쇄 인쇄 2024년 3월 15일
1판 1쇄 발행 2020년 7월 23일

지은이 글배우
펴낸이 김동혁
펴낸곳 강한별 출판사

책임편집 김경은 디자인 백종혜
일러스트 허예란 기획팀 안서령

출판등록 2019년 8월 19일 제406-2019-000089호
주소 (10859) 경기도 파주시 탄현면 헤이리마을길 21-7, 3층
대표전화 010-7566-1768 팩스 031-8048-4817
이메일 good1768@naver.com

ISBN 979-11-967977-4-4 (03810)
· 책 값은 뒤표지에 있습니다.
· 잘못 만들어진 책은 구입하신 서점에서 교환해드립니다.